ullstein

Das Buch

Nachdem ihre geliebte Dobermannhündin gestorben war, wollte Petra Durst-Benning sich ein Jahr Hundepause gönnen. Schnell stellte sie jedoch fest, dass es ohne Hund nicht geht. Also machte sie sich auf die Suche und fand Eric, einen vier Monate alten Jagdhundmischling aus einer Tierrettungsstation. Der Welpe brachte ihr Leben von Tag eins an gründlich durcheinander. Eric, der ohne Urvertrauen der Welt gegenüberstand, war eine große Herausforderung. Geduld, Einfühlungsvermögen und viel Fingerspitzengefühl waren nötig, um dem kleinen Hund zu vermitteln: Bei uns bist du sicher!

In ihren Tagebuchaufzeichnungen beschreibt Petra Durst-Benning die Phasen der Hundeerziehung im ersten Jahr, wobei sie die Eigenheiten eines Tierschutzhundes besonders berücksichtigt. Mit großem Fachwissen und viel Sinn für Situationskomik erzählt sie von dieser besonderen Zeit.

Die Autorin

Petra Durst-Benning ist eine der erfolgreichsten Romanschriftstellerinnen in Deutschland. Seit Jahren ist sie eine renommierte Autorin für Ratgeber zur Hundeerziehung und war Chefredakteurin einer Hundezeitschrift.

Mehr über die Autorin unter www.durst-benning.de

Von Petra Durst-Benning sind in unserem Hause bereits erschienen:

Die Zuckerbäckerin · Die Zarentochter
Die russische Herzogin · Die Samenhändlerin
Das Blumenorakel · Die Glasbläserin
Die Amerikanerin · Das gläserne Paradies
Antonias Wille · Die Salzbaronin
Die Liebe des Kartographen · Die Silberdistel

Petra Durst-Benning

Mein Findelhund

Ullstein

Besuchen Sie uns im Internet:
www.ullstein-taschenbuch.de

MIX
Papier aus verantwortungsvollen Quellen
FSC® C006701
FSC
www.fsc.org

Originalausgabe im Ullstein Taschenbuch
1. Auflage September 2011

Konzeption: HildenDesign, München
Umschlaggestaltung: ZERO Werbeagentur, München
Titelabbildung: Artwork HildenDesign, München
unter Verwendung eines Motivs von Salihquler/iStock
Satz: Pinkuin Satz und Datentechnik, Berlin
Gesetzt aus der Sabon
Papier: Pamo Super von Artic Paper Mochenwangen GmbH
Druck und Bindearbeiten: CPI – Ebner & Spiegel, Ulm
Printed in Germany
ISBN 978-3-548-37389-8

Dieses Buch widme ich allen Tierschützern.

Tierschutz ist kein Hobby oder netter Zeitvertreib, sondern Ehrensache für jeden von uns. Seien Sie ehrenvoll! Schauen Sie nicht weg, wenn irgendwo ein Hund an der Kette liegt. Unterrichten Sie den Tierschutz, wenn draußen vor Ihrer Haustür wilde Katzen Junge bekommen. Schreien Sie auf, wenn ein Tier in einer Wohnung zurückgelassen wird oder in einem Zwinger vor Einsamkeit stirbt! Mischen Sie sich ein, wenn Sie mitbekommen, wie ein Tier misshandelt wird.

Ganz gleich, für wen oder was Sie sich sonst noch engagieren, unser aller Motto muss lauten: »Das eine tun und das andere nicht lassen.« Deshalb bitte ich Sie von Herzen: Helfen Sie den Tieren mit Ihrer Zeit, Ihrem Geld und mit Sachspenden. Jeder Tropfen auf den heißen Stein macht den Stein ein wenig kühler.

Damit der Anfang schon einmal gemacht ist, spende ich von meinem Autorenhonorar die Hälfte an den Tierschutz, für die andere Hälfte bekommt Eric leckeres Futter und Spielzeug.

Ihre Petra Durst-Benning

1. Kapitel
Abschiede und Anfänge

Es ist der erste Dezember 2008. Wie an jedem Morgen gehe ich mit unserer Dobermannhündin Dekita spazieren. Sie ist schon neun Jahre alt – für ihre Rasse ein stattliches Alter! Ausgelassene Spielrunden mit Ball und Stöckchen interessieren sie nicht mehr, dafür liest sie umso intensiver die Hundezeitung: Wer war heute früh hier schon unterwegs? Der blonde Rüde etwa, der uns beiden so gut gefällt? Oder die zickige kleine Hündin, die neu in der Straße ist? Auch ich genieße den Spaziergang, die Luft ist klar wie Schnaps (so habe ich es in einem meiner Romane einst formuliert ...), noch steht die Sonne nicht am Himmel, aber das könnte im Laufe der nächsten Stunde noch etwas werden. Eigentlich ist mir das Wetter jedoch egal, ich atme tief ein, lasse meinen Gedanken ihren Lauf. Ich habe viel vor am heutigen Tag. Möchte an meinem neuen Roman weiterschreiben, mittags Weihnachtskekse backen, am späten Nachmittag will mich eine Autorenfreundin besuchen kommen. Sie steckt gerade ebenfalls mitten im Schreibprozess, und der Austausch übers Schreiben tut uns beiden gut. Von der Fachsimpelei abgesehen, kann man bei einem Kaffeeklatsch auch einfach einmal die Seele baumeln lassen.

Nach einer guten Stunde kommen Dekita und ich nach Hause. Wie an jedem Morgen ist sie nun ausgehungert wie ein Wolf. Sie tänzelt aufgeregt um mich herum, ich kann ihr Futter gar nicht schnell genug anrichten! Da sie außer in warmem Wasser eingeweichten Flocken und Fleisch noch etliche Zusätze wie Quark, ein Schuss kalt gepresstes Öl und Vitaminpulver bekommt, will gut Ding jedoch Weile haben. Sie schnauft ungeduldig, als ich ihr endlich den Napf hinstelle. Ein paar Minuten lang sind nur laute Schmatzgeräusche zu hören, die mich wie jeden Morgen grinsen lassen.

Ich nehme mir meine Tasse Kaffee und mein Klappbrot (ich danke dem Earl of Sandwich noch heute für seine Erfindung – Klappbrote lassen sich nämlich nicht nur prima neben dem Kartenspiel her essen, sondern auch während der Arbeit am PC). Während ich meine E-Mails durchschaue, legt sich unsere Prinzessin, so wird Dekita von uns allen genannt, auf ihr Sofa – es steht nur zwei Meter von meinem Schreibtisch entfernt. Sie räkelt sich, wirft mir einen zufriedenen Blick zu, dann hält sie das erste Nickerchen des Tages, so wie es sich für eine ältere Dame gehört.

Ihre Pfoten zucken dabei, als jage sie unsichtbare Hasen durch die Winterlandschaft. Süße Träume – ich schmunzele. Nach einer halben Stunde wacht Dekita auf, schaut sich kurz um und trabt ins Wohnzimmer. Dort legt sie sich ebenfalls auf ihr Sofa – unser Hund »besitzt« mehrere Sofas. Von meinem Arbeitsplatz aus höre ich sie zweimal husten, geradeso als würde ihr etwas im Halse stecken. Seltsam, was hat sie nur?, frage ich mich und stehe auf, um nach ihr zu sehen. Ich gebe zu, was das Wohlbefinden unserer Hunde angeht, höre ich beim kleinsten Hüsteln die Flöhe husten. Als ich bei unserer Prinzessin ankomme, liegt sie reglos da, die Augen sind offen, mit leerem Blick schaut sie mich an. Nein. Nicht das. Das kann doch nicht wahr sein. Bitte, lieber Gott, nicht mein Hund. Nicht jetzt. Nicht unsere Prinzessin. Tausendundein Gedanke schießt mir durch den Kopf, gleichzeitig habe ich jedoch das Gefühl, nicht mehr klar denken zu können. Ich nehme alles nur noch wie durch einen dichten Nebel wahr, mein Wohnzimmer, die stille Winterlandschaft vor dem Fenster, durch die wir zuvor noch gestiefelt waren, der reglose Hund …

Vorsichtig, fast ängstlich und ungläubig zugleich lege ich eine Hand auf das seidige schwarzglänzende Fell. Es ist noch warm. Ich suche nach einer pochenden Ader, nach einem Zucken, nach irgendetwas, was Leben signalisiert. Doch Dekitas Herz hat aufgehört zu schlagen. Tot starrt sie mich aus ihren schönen Augen an.

»Dekita …«, flüstere ich und weine.

»Jäh aus dem Leben gerissen« – so etwas steht oft in Todesanzeigen. Nun weiß ich, was damit gemeint ist. *Jäh* ist wie ein Blitz, der einen aus dem Nichts heraus trifft! Jäh ist, als würde einem jemand von hinten mit dem Prügel eins über den Kopf ziehen! Jäh ist brutal, gnadenlos, herzlos. Jäh ist niemals schön.

Sicher, für die Rasse Dobermann hat Dekita mit neun Jahren ein fast biblisches Alter erreicht. Auf dem Sofa in der geliebten, gewohnten Umgebung einfach einschlafen, hinübergleiten von dieser in die nächste Welt – einen solch friedlichen Tod wünscht sich wahrscheinlich jeder Hundehalter für sein Tier.

Denn wie sieht die Alternative aus? Belastende, ständig wiederkehrende Gänge zum Tierarzt, wenn eine chronische Krankheit zur Qual wird. Dazu die noch quälendere Frage, wann das Leiden des Tieres dessen Lebensqualität überwiegt. Im Laufe meines Lebens musste ich schon etliche Hunde einschläfern lassen: unseren Schäferhund Leo, als dessen Hüftgelenkdysplasie ihm nur noch Schmerzen bereitete. Zu dieser Zeit, in den neunziger Jahren, gab es noch nicht die große Bandbreite an Schmerzmitteln und anderen Möglichkeiten, um einen HD-erkrankten Hund zu behandeln. Unseren Schäferhund Wotan mussten wir nach einem Bandscheibenvorfall mit anschließender Lähmung einschläfern lassen. Bei Alfi, unserem Rottweiler-Mischling, war es schwere Arthrose, am Ende konnte er trotz vieler Schmerztabletten und Zusatzfutterstoffen, welche die Gelenkschmiere hätten fördern sollen, kaum noch aufstehen.

Dekita hatte Probleme mit der Vorderhand, auch sie bekam Schmerzmittel und diverse Zusatzfutterstoffe. Aufgrund dieser Vorerkrankungen stand für uns fest, dass wir auch sie eines nahen oder ferneren Tages würden einschläfern lassen müssen. Doch bis dahin wollten wir nichts unversucht lassen, so wie wir es bei jedem unserer Hunde gehalten haben: Gibt's nicht noch eine Therapie? Ein noch wirksameres Schmerzmittel? Wir flehten unseren Tierarzt an. Doch irgendwann sind alle medizinischen Hilfsmittel ausgereizt, danach würde jeder weitere Tag unter die Rubrik Tierquälerei fallen.

Wie schwer ist uns der letzte Gang jedes Mal gefallen! Trotzdem war es uns ein tiefempfundenes Bedürfnis, unser Tier bei diesem letzten Schritt in dieser Welt zu begleiten. Dass sich Hundehalter vor dieser Pflicht drücken, »weil sie das nicht können«, »weil ihnen das zu schwerfällt«, »weil sie zu sensibel dafür sind«, ist etwas, was sich meiner Vorstellungskraft gänzlich entzieht. Die schönen Stunden mit einem Tier genießen und den Schwanz einziehen, wenn's haarig wird?!

Dekita hat uns diesen letzten Gang erspart. Sie hat den Tag ihres Abschieds und ihre Art, zu sterben, selbst bestimmt. Der »typische« Dobermanntod oder, nüchterner ausgedrückt: »Dilatative Kardiomyopathie«, so nennt sich diese Herzmuskelerkrankung, bei der das Herz einfach aufhört zu schlagen.

Lange Zeit sitze ich einfach nur neben meinem toten Hund und streichele ihn. Ich will nicht wahrhaben, was geschehen ist. Gleich wird sie wieder aufwachen! Ein böser Scherz, ein schlechter Traum. Als der Hundekörper kalt wird, stehe ich auf. Wenn nur mein Mann da wäre! Aber er ist auf einer Geschäftsreise, weit weg. Ich bin allein und spüre doch, dass ich Beistand benötige. Also rufe ich eine Freundin an, bitte sie zu kommen. Jemand muss mir bestätigen, dass das Unfassbare wahr geworden ist. Meine Freundin Kathrin erbittet bei ihrem Chef eine Auszeit und ist in nur dreißig Minuten bei mir. Freunde in der Not – sie sind so wertvoll.

Zögerlich tritt sie an den toten Hund heran, leicht fällt ihr das gewiss nicht. Doch mir zuliebe legt auch sie eine Hand auf den Leichnam, sucht nach einem Puls.

»Eure Prinzessin ist wirklich tot«, sagt sie dann traurig und streichelt erst nochmals den Hund, dann mich.

Als hätte ich eine Vorahnung gehabt, habe ich ein paar Wochen zuvor die Anzeige eines Tierbestattungsinstituts in einem der Nachbardörfer aus der Zeitung ausgeschnitten. Mechanisch mache ich mich nun auf die Suche nach diesem Zeitungsausschnitt, dann tätige ich einen Anruf. Der Inhaber des besagten Institutes kommt nach einer Stunde, er ist mitfühlend, nimmt sich Zeit für mich und mein Gestotter, irgendwann haben wir alle Formalitäten geklärt. Gemeinsam tragen wir Dekita in sein Auto. Sie soll verbrannt werden, die Urne mit ihrer Asche möchte ich im

Garten vergraben. Unter dem Rosenstock, vor dem sie zu Lebzeiten so gerne lag.

Das Haus ist leer, der Alltag hat so viele Löcher, und ich weiß noch nicht, womit ich sie stopfen soll. Aus der Routine ausbrechen? Alte Rituale durch neue ersetzen? Für mich als Autorin sind Rituale lebensnotwendig. Ohne einen regelmäßigen Tagesablauf, verbunden mit einer ordentlichen Portion Disziplin, würde ich mein enormes Schreibpensum nicht bewältigen. Morgens drei bis vier Stunden am Computer, nachmittags eine weitere Schreibsession – viele Leser wären entsetzt, wenn sie wüssten, wie »alltäglich« mein Alltag aussieht. Die regelmäßigen Spaziergänge zwischen dem Schreiben waren dabei stets mein Lebenselixier! Während ich mit Dekita durch Wiesen und Felder spazierte, Bälle und Stöckchen warf, ging ich im Geist die zuvor geschriebene Szene durch. Stimmt das Tempo? Habe ich ausgedrückt, was ich wollte, den richtigen Ton getroffen? Klingt der zuvor geschriebene Dialog nicht noch ein wenig hölzern? In der freien Natur gelang es mir schon immer am besten, tief durchzuatmen und Kraft zu sammeln für die nächste Schreibrunde.

Wieder zu Hause, machte ich mich gleich wieder an die Arbeit. Gut erholt und frisch inspiriert, ein zufriedener Hund schnarchend auf dem Sofa neben mir – Leute, so sieht ein erfülltes Schriftstellerleben aus!

Was soll ich nun während meiner Schreibpausen tun?, frage ich mich ratlos, während mich das leere Sofa höhnisch anstarrt. Shoppen gehen oder durch die Stadt bummeln? Beides kostet viel Zeit, und die verbringe ich lieber mit meinem Manuskript. Denn ich stecke mitten in der Arbeit zu meinem neuen Roman *Die Zarentochter*, Abgabetermin ist im April des nächsten Jahres, also in weniger als fünf Monaten. Das Schreiben steht daher an erster Stelle.

Außerdem: Was Shopping angeht, bin ich komplett anders gestrickt als die Frauen, die der ach so komische Mario Barth in seinen hallenfüllenden Comedy-Shows darstellt: Ich hasse es, bummeln zu gehen, Jeans anzuprobieren oder mich auf die Suche nach der passenden Bluse zu machen. Shopping erschöpft mich mehr als jede mehrstündige Wanderung. Am liebsten bestelle ich alles per Internet. Einzige Ausnahme: Bücher, die kaufe ich noch immer am liebsten bei den Buchhändlern meines Vertrauens.

Womit soll ich also nun die Löcher stopfen, die durch Dekitas Tod in meinem Tagesablauf entstanden sind? Freundinnen zum Lunch treffen, alte Freundschaften pflegen, auffrischen, soziale Kontakte genießen? Super Idee, nur – am Telefon hagelt es zwar eine gute Portion Mitgefühl für unseren Verlust, aber leider auch eine Menge Absagen.

»Du willst … *Kaffee trinken*?!«, werde ich gefragt, als hätte ich darum gebeten, dass man mir eine Niere spendet. Sogleich bekomme ich mindestens ein Dutzend Aufgaben und Pflichten vorgebetet, die der- oder diejenige zu erledigen hat. Ich weiß, ich weiß – wir stecken mitten in der hektischen Vorweihnachtszeit mit Geschenkestress, Weihnachtsfeiern und Backorgien. Davon abgesehen arbeiten fast alle meine Freunde, Zeit für Kaffeestündchen und ausgiebige Lunches in der Stadt hat keiner. »Tagesfreizeit« – ich grüble darüber nach, wo ich diesen Begriff schon einmal gelesen habe. Es muss in irgendeiner zweideutigen Anzeige gewesen sein.

Natürlich könnte ich in meinen Schreibpausen joggen gehen oder anderen Sport betreiben, aber dafür bin ich schlicht zu faul – ich bewege mich nur, wenn ich muss!

Mit Hund musste ich. Bei jedem Wetter. Das tägliche

Laufen mit Hund ist wie Zähneputzen – man denkt nicht darüber nach, es gehört einfach dazu. Wie oft hat es mir beim Blick aus dem Fenster gegraut, wie oft habe ich mir gewünscht, jetzt bloß um alles in der Welt *nicht* hinauszumüssen! Und wie oft habe ich, draußen angekommen, festgestellt, dass das Wetter gar nicht so schlimm ist, wie es sich vom gemütlichen Wohnzimmer aus darstellte. Auch Regen, Wind und Nebel haben etwas für sich, wenn man bereit ist, darin Schönes zu erkennen. Ohne diese täglichen zwei Stunden Bewegung fehlt mir, fehlt meinem Körper, aber auch meinem Geist und meiner Seele etwas. Ich merke, wie nach wenigen Tagen meine Grundspannung nachlässt: Meine Sinne schlafen ein, die Farben, die ich sehe, werden blasser, die Gerüche, die ich wahrnehme, schwächer. Mir ist, als nähme ich alles durch einen Nebelschleier wahr – hier die Welt, da ich. Für eine Autorin nicht gerade ein wünschenswerter Zustand.

Mein Leben mit Hund war traumhaft schön, es war genau das Leben, das ich mir wünschte. Immer gab es Grund zum Lachen, immer war jemand um mich, mit dem ich schöne Momente teilen konnte. Ich lebte meinen Traum – warum soll ich nun anders leben? Ganz einfach: weil ich muss.

Ein hundefreies Jahr

Genau das habe ich meinem Mann versprochen. Und irgendwie auch mir selbst. Denn seit ich denken kann, gehören Hunde zu meinem Leben einfach dazu. Meinen ersten eigenen Hund – den Schäferhund Attila – bekam ich im Alter von sechzehn Jahren. Seit damals gab es *keinen einzigen Tag*, an dem ich *nicht* für ein Tier verantwortlich gewesen wäre. Als mein Mann mich kennenlernte, gehörten zu mir zwei Schäferhunde und ein störrisches Pony.

Ich heirate eine Familie war nicht nur eine Erfolgsserie aus den 80ern, nein, das erlebte mein Mann mit mir live und in Farbe. »Wenn du mich haben willst, dann bekommst du Hund, Katze, Maus gleich mit dazu!«, so lautete der Deal, den ich meinem Geliebten vorschlug. Und er nickte nur und nahm sich meiner Vierbeinerschar mit Tierliebe und Toleranz an. Dass fortan Termine beim Hufschmied oder Tierarzt auch seinen Alltag mitbestimmten, war für ihn in Ordnung. Im Gegenzug akzeptierte ich seine Surfer-Leidenschaft, die ihn an jedem freien Tag an einen See oder gar gleich den Atlantik verschlug.

Fast zwanzig Jahre lang lebten wir gut und glücklich miteinander. Wir arrangierten uns, waren manches Mal verzweifelt auf der Suche nach einem Hundesitter, mussten so manchen Event absagen, weil keiner aufzutreiben war. Das Leben mit vielen Tieren war nicht immer ganz einfach, aber wir genossen es in vollen Zügen! Irgendwann starb das Pony, und ich wollte kein weiteres Pferd. Dann wurden aus zwei Hunden einer. Und nun …

Nun will ich zum ersten Mal nur für mich alleine verantwortlich sein.

Ein Jahr ohne jegliche Verpflichtungen. Zwölf Monate, in denen wir Städtetrips ganz spontan, ohne Vorplanung unternehmen können. Marrakesch, Istanbul, Moskau – allein bei den Namen fängt mein Herz an, aufgeregt zu klopfen. Es gibt noch so viel, was ich sehen möchte! Und noch viel mehr, auf das wir der Hunde wegen bisher verzichtet haben. Nun müssen wir endlich nicht mehr verzweifelt während der Urlaubszeit nach einer Hundebetreuung suchen. Wir müssen nicht mehr »Bitte, bitte!« und tausendmal danke sagen.

Und vielleicht werden wir nun auch unseren Ruf als schreckliche Gäste wieder los? Bisher gehörten wir stets zu denjenigen, die sich als Erste von einem Fest verabschiedeten. »Der Hund wartet!«, so lautete unsere Ausrede, die gar keine war.

Nun können wir feiern, bis der Arzt kommt.

Zum ersten Mal, seit wir uns vor zwanzig Jahren kennenlernten, können wir nur nach unserer Fasson leben.

»Nach unserer Fasson« – schön hört sich das an!

Nach dem hundefreien Jahr wollen wir weitersehen. Irgendwann wird schon wieder ein Vierbeiner unseren Weg kreuzen. Wenn wir dann feststellen: Das ist er! Der passt zu uns und wir zu ihm, dann soll es so sein.

Graue Theorie

So lautet der Plan. Wir finden: Unser Plan ist gut. Durchdacht. Sinnvoll. Rational. Unser Umfeld gratuliert uns dazu.

Die Begeisterung will sich dennoch nicht einstellen, die neue Freiheit strengt uns an, ja sie fällt uns sogar richtig schwer.

Auf den Weihnachtsmarkt gehen? Gute Idee! So was haben wir schon lange nicht mehr gemacht, bisher gehörten die freien Sonntagnachmittage immer unseren Hunden. Nun aber quälen wir uns durch die sonntäglichen Menschenmassen, bis mein Mann fast eine Panikattacke bekommt. Eigentlich mögen wir solche Massenveranstaltungen beide nicht, und das Billiggesöff von Glühwein kann mit meinem Geheimrezept auch nicht mithalten.

Abends essen gehen? Ja, das machen wir jetzt auch! Gemütlich sitzen bleiben, noch ein letztes Glas Wein trinken, ohne Gedanken an den Hund, der allein zu Hause auf uns wartet.

Nach einmal Italiener, einmal Weinstube und dann noch dem Chinesen reicht es uns allerdings fürs Erste. Wir sind beide beruflich viel unterwegs, müssen gezwungenermaßen oft auswärts essen – gemütliche Abende zu Hause sind für uns daher sehr kostbar.

»Lass uns über Silvester verreisen!«, sage ich zu meinem Mann. Er hält das für eine gute Idee. Der Hunde wegen feierten wir in den letzten zwanzig Jahren fast immer zu Hause, an Silvester einen Hundesitter zu finden, ist fast unmöglich. Wir haben aus der Pflicht eine Tugend gemacht und im Laufe der Zeit für den letzten Tag und Abend im Jahr viele schöne, ganz persönliche Rituale entwickelt. Für uns war der Jahreswechsel auch ohne wilde Partys immer ein sehr intensives Erlebnis, das wir beide sehr genossen haben. Um Mitternacht gingen wir entweder mit dem Hund auf unseren Hausberg, der tatsächlich direkt hinter unserem Haus liegt, um das Feuerwerk zu bewundern. Oder wir blieben in der Wohnung und hielten Pfötchen – je nach Temperament unseres Wegbegleiters. Dekita war eine schreckliche Angsthäsin!

Dieses Jahr brauchen wir auf niemanden Rücksicht nehmen, es ist an der Zeit, die liebgewonnenen Rituale über Bord zu werfen. Zeit für einen Aufbruch! Der sonnige Süden lockt. Oder sollen wir das neue Jahr in Venedig begrüßen?

Wir werfen den PC an und stellen fest, dass außer uns noch Millionen andere Menschen in Aufbruchsstimmung zu sein scheinen. Flüge sind jedenfalls keine mehr zu bekommen, obwohl wir – ohne Hund – mit den Flugtagen inzwischen sehr flexibel sind.

Über den Jahreswechsel verreisen? Vielleicht doch keine so gute Idee. Wir schauen die Einladungen durch, die wir aus dem Freundeskreis erhalten haben, aber irgendwie reizt uns nichts. Ratlosigkeit macht sich breit. Die Freiheit, zu wählen, sind wir einfach nicht gewohnt, wir können mit so vielen Entscheidungen nicht umgehen. Es tut ein wenig weh, zu erkennen, wie festgefahren man in Wahrheit ist.

Ein wenig zaghaft bringt mein Mann den alljährlichen Silvesterlauf aufs Tapet, zu dem er sich mit Geschäftskollegen schon vor Monaten angemeldet hat. Sie wollen als Firmenmannschaft starten. Der Lauf findet wie jedes Jahr am 31. 12. nachmittags statt. Ob ich sehr böse wäre, wenn er auch in diesem Jahr –

Ich und böse? Von wegen, ich bin eher erleichtert, dass wenigstens etwas seinen alten Gang geht. Warum müssen wir eigentlich überhaupt etwas ändern? Das Wissen, es tun zu können, ist zwar schön, aber es zwingt uns doch niemand, oder?!

Wir beschließen, alles wie bisher zu handhaben: Ich werde am Vormittag unser Haus für zwei Stunden für Nachbarn und Freunde öffnen. »Open House« nennen wir diese kleine Einladung, bei der es sich um keine sorgfältig ausgesuchte Partytruppe handelt und auch um keine ausgewählte Tischrunde – vielmehr kommt ein buntes Völkchen von Menschen zu uns, die sich das ganze Jahr über nur selten treffen. Es wird wie jedes Jahr Sekt und Lachshäppchen geben, kein kulinarisches Wettrüsten also, sondern eine Basis für nette Gespräche und viel Gelächter. Das Schönste an unserem »Open House«: Nach zwei Stunden geht jeder wieder seiner Wege, das Aufräumen ist schnell erledigt, die Begegnungen und Gespräche klingen jedoch noch lange nach.

Den Abend wollen wir zu zweit verbringen und ganz gemütlich das alte Jahr Revue passieren lassen, es dann verabschieden und uns aufs neue Jahr freuen. So wie immer.

Guter Plan! Wozu die ganze Hektik? Von wegen Umbruch, Aufbruch und »Alles wird nun anders«! Wir belassen alles beim Alten und genießen die Zweisamkeit. Unser Umfeld gratuliert uns zu dieser Entscheidung.

Bis Silvester sind es noch drei Wochen hin. Erst einmal steht uns Weihnachten bevor.

Wenn nur das Haus nicht so still wäre. Während ich schreibe, bellt niemand im Garten die Vögel an, malträtiert niemand meine Ohren mit seiner orangefarbenen Quietsche-Ente. Niemand will einen Keks von mir oder gestreichelt werden. Ich komme mir seltsam nutzlos vor, nicht mehr gebraucht. Ist es das, was alte Menschen empfinden, wenn sie keiner mehr um Rat fragt, ja wenn sie nicht einmal mehr zum Kartoffelschälen eingeteilt werden?

»Sei doch froh, jetzt hast du endlich einmal deine Ruhe«, bekomme ich zu hören, als ich mich bei meiner Mutter ob dieses Zustandes beklage. »Denk doch an die stressigen Zeiten zurück, in denen du Hund und Beruf kaum miteinander vereinbaren konntest! Denk an die Zeiten, in denen du dich ständig verbiegen musstest, logistische Klimmzüge machen und ewig bitte und danke sagen bei Leuten, die deine Hunde hüteten, während du auf Lesereise in Rostock oder Rosenheim warst!«

Ja, ja, schon gut. Meine Mutter hat recht, wie so oft. Aber diese stressigen Zeiten, von denen sie spricht, sind im Augenblick weit, weit weg …

Etwas anderes ist allerdings viel schlimmer: Meinem Alltag fehlt auf einmal die Struktur! Seit jeher bin ich es gewohnt, in Zeitfenstern von drei bis vier Stunden zu denken: Vier

Stunden – so lange kann ich schreiben, bevor dem Hund langweilig wird und er massiv zu quengeln beginnt. Vier Stunden – so lange kann ein Hund alleine bleiben, dann muss ich, von welchem Ausflug auch immer, wieder zurück sein. Unglaublich, was ich stets in drei bis vier Stunden alles erledigen konnte!

»Die vielen Lesungen, alle eineinhalb Jahre ein neues Buch auf dem Markt, die Kontaktpflege rund um den Fanclub, dazu ein großes Haus, ein geselliges Privatleben – wie schaffst du das alles nur?!«, werde ich immer wieder von Freunden und Familie gefragt. Mein hohes Arbeitspensum ist vielen schleierhaft, und dass ich dabei fast immer gut gelaunt bin, ein Mysterium. Eine Antwort auf diese Frage hatte ich nie parat, doch allmählich drängt sich mir der Verdacht auf, dass die vierstündigen Zeitfenster das große Geheimnis waren. Denn nun, wo ich den ganzen Tag Zeit habe, kriege ich nichts mehr auf die Reihe. Vielleicht sollte ich einen Ratgeber schreiben? *So finden Sie Ihr persönliches Zeitfenster* oder *Mit vierstündigen Zeitfenstern zu Erfolg und Glück*. Mein Galgenhumor hält nicht lange an, dazu beschäftigt mich eine Frage viel zu sehr:

Weihnachten ohne Hund. Wie soll das gehen? Zum ersten Mal wird selbst mir, einem eingefleischten Weihnachts-Junkie, angst und bange vor dem Fest.

Auch mein Mann leidet. Nicht so tränenreich laut und hadernd wie ich. Sondern auf männliche Art, still und in sich gekehrt. Am Wochenende läuft er verloren durch die Wohnung. Wir sitzen kurz nach acht am Frühstückstisch. Dabei könnten wir doch nun ausschlafen!

»Stell ein Zirkuspferd nach zwanzig Jahren Manege auf die grüne Wiese, und es wird weiter im Kreis laufen«, sage ich. Mein Mann hebt indigniert die Brauen, und ich kann in seinen Augen lesen, was wir beide denken: *Ein ganzes Jahr soll das nun so weitergehen.*

Träume ...

Nachts träume ich von einem kleinen schwarzen Hund, der aussieht wie unser schon vor drei Jahren verstorbener Alf. Er sitzt einsam und verloren auf einer langen, schnurgeraden Straße. Keine Häuser rechts oder links, keine Unterschlupfmöglichkeiten, nirgendwo; der kleine Hund zittert. Er fühlt sich allein und verloren, das spüre ich, und mich überfällt im Traum eine seltsame Traurigkeit. Ein Findelhund. Mein Findelhund?

Als ich am nächsten Morgen aufwache, geht mir der kleine schwarze Hund nicht mehr aus dem Sinn. Ich fühle mich zerschlagen und leer, mein Leben erscheint mir so sinnlos, und das im wahrsten Sinne des Wortes. Sosehr ich auch versuche, mich zusammenzureißen, das leere Gefühl in mir behält die Oberhand.

Unsere Freundin Astrid, selbst seit zwei Jahren glückliche Hundebesitzerin, wagt es als Erste, an den Grundfesten unseres hundefreien Daseins zu rütteln. Sie schickt mir eine Mail mit einem Text, den sie im Internet gefunden hat, der Verfasser ist leider unbekannt:

»Das Testament eines Hundes«

Während die Menschen sich die Köpfe über ihr Testament zerbrechen, haben die Hunde die Lösung längst gefunden:

»Wenn Menschen sterben, machen sie ein Testament, um ihr Heim und alles, was sie haben, denen zu hinterlassen, die sie lieben.
Ich würde auch solch ein Testament machen, wenn ich schreiben könnte:
Einem armen, sehnsuchtsvollen, einsamen Hund
würde ich mein glückliches Zuhause hinterlassen,
meinen Napf, mein kuscheliges Bettchen,
meine weiche Decke, meine Leckerlis
und den so geliebten Schoß,
die sanft streichelnde Hand,
die liebevolle Stimme,
den Platz, den ich in jemandes Herzen hatte,
die Liebe, die mir zu guter Letzt
zu einem friedlichen und schmerzfreien Ende helfen wird,
gehalten im liebenden Arm.

Wenn ich einmal sterbe, dann sag bitte nicht:
›Nie wieder werde ich ein Tier haben, der Verlust tut viel zu weh!‹
Such dir einen einsamen, ungeliebten Hund aus
und gib ihm meinen Platz.

Das ist mein Erbe.
Die Liebe, die ich zurücklasse, ist alles,
was ich geben kann.«

Die Zeilen verschwimmen vor meinen Augen, Tränen strömen mir übers Gesicht. Gleichzeitig durchflutet mich ein Gefühl der Erleichterung. Astrid hat recht! Der Hund in dem Gedicht hat recht! Und wir – wir mit unserem blöden, unsinnigen hundefreien Jahr – sind völlig auf dem falschen Dampfer! Denn wer, wenn nicht wir, sollte einem einsamen, ungeliebten Hund ein neues Zuhause geben? Unser Haus liegt umgeben von Wiesen, Wäldern und Feldern! Wir haben die Zeit und die Liebe im Herzen! Die Erfahrung ist vorhanden und die nötige Geduld auch. Und nicht zuletzt: Wir haben das Geld für Tierarzt, Futter, Hundesteuer und alles, was Hund sonst noch braucht. Ich frage noch einmal: Wer, wenn nicht wir, sollte einem heimatlosen Hund ein Heim geben?

Worauf warten wir noch? Am liebsten würde ich gleich heute auf die Suche gehen! Die örtlichen Tierheime, das Internet – es gibt Millionen armer, weggeworfener Hunde!

Nur – wie bringe ich das meinem Mann bei.

2. Kapitel
Love of my life

Ich erzähle meinem Mann von meinem Traum. Ein kleiner schwarzer Hund, der aussieht wie unser Alf. Ein Alf in Miniformat. Anschließend gebe ich ihm Astrids Gedicht zu lesen.

Mein Mann seufzt tief. Eine lange Weile sagt er gar nichts. Schließlich räuspert er sich:

»Mit dem hundefreien Jahr wird's wohl nix. So wie's ausschaut, muss wieder ein Hundle her!«

Ich schaue ihn ungläubig an. Meint er wirklich, was er da sagt?! Es muss wohl so sein, denn: Mein Mann meint *immer*, was er sagt! Auch deswegen ist er *the love of my life*.

Ich küsse ihn tausendmal, wir lachen und freuen uns über unsere Entscheidung. Pfeif auf die Freiheit! Pfeif auf Moskau und Marrakesch und all die Wellness-Wochenenden. Ein Hund ist Wellness pur! Fürs Herz und für die Seele. Für den Körper sowieso.

Es ist Sonntag, im WDR-Fernsehen läuft die Sendung *Tiere suchen ein Zuhause*. Logisch, dass wir gebannt vor dem Fernseher sitzen – irgendwie erscheint es uns beiden geradezu *vorbestimmt*, dass unser neuer Hund gleich auf dem Bildschirm erscheinen wird!

Der erste Rüde, der gezeigt wird, ist unverträglich gegenüber anderen Rüden. Der nächste, ein hübscher spanischer Jagdhund – ein Galgo-Mischling –, darf aufgrund seines

Jagdtriebs nicht abgeleint werden. Die schwarze schlanke Hündin, die uns beiden optisch gefällt, kann aufgrund ihrer dramatischen Vorgeschichte nicht alleine bleiben.

Mein Mann und ich schauen uns an: Nein, einen ganzen Strauß neuer Probleme wollen wir uns nicht wieder einhandeln!

Bisher sind wir immer *irgendwie* »auf den Hund gekommen«. Jahrzehntelang haben erwachsene Hunde bei uns gelebt, die in ihren ersten Jahren keine guten Erfahrungen mit den Menschen gemacht hatten, was nicht ohne Auswirkungen auf den Alltag blieb: Unser Alf war sein Leben lang äußerst misstrauisch gegenüber Fremden. Auch war er unverträglich mit Rüden, was im Alltag bedeutete, dass ich, wollte ich Gezerre und Toben an der Leine vermeiden, Hundebegegnungen stets sehr weitläufig ausweichen musste. Unsere Dobermannhündin musste ihre ersten vier Jahre in einem Zwinger verbringen, bevor sie zu uns kam. Für sie war jeder Gang durch die Stadt – weil ungewohnt – der reinste Horror! So viele Eindrücke kannte sie einfach nicht, der Autolärm, die vielen Menschen, Radfahrer, lautes Hupen – alles machte ihr Angst.

Mit einem solchen Hund zu Freunden aufs Geburtstagsfest? Gemeinsame Urlaube? Was für andere Hundehalter zum ganz normalen Alltag gehört, war mit unseren »Problemhunden« sehr schwierig. Jahrelang waren wir gezwungen, für die Hunde Abstriche zu machen. Nun möchte ich zwar wieder einen Hund, aber ich bin nicht bereit, erneut solche Opfer zu bringen.

Ein Hund wie aus dem Bilderbuch

Ganz gleich, ob ich in diesen Tagen ein tolles Menü zaubere oder ob es nur Tiefkühlpizza gibt, Essen ist nun völlig unwichtig für uns geworden! Viel wichtiger sind unsere derzeitigen Tischgespräche, und die kreisen allein um die Frage: »Wie soll unser zukünftiger Hund aussehen?«

Ich für meine Fälle möchte nicht noch einmal einen großen massigen Hund haben. Arthrose, Hüftgelenkdysplasie und andere Erkrankungen des Bewegungsapparats, die vorrangig bei großen Rassen auftreten, haben uns lange genug das Leben schwergemacht! Nun wünsche ich mir einen Hund mit leichterem Körperbau, der nicht prädestiniert ist für die genannten Krankheiten. Von mir aus könnte unser neuer Wuff auch nur Handtaschenformat haben, so dass ich ihn auf jede Lesereise mitnehmen kann. Einen großen, stattlichen Hund, der etwas darstellt, der bewundert wird oder auch gefürchtet – so etwas brauche ich nicht. Mögen sich andere Leute über ihre imposanten Vierbeiner definieren, mir ist ein verlässlicher Kamerad an meiner Seite wichtiger.

Mein Mann winkt an dieser Stelle jedoch sofort ab – für ihn fängt ein Hund erst ab Kniehöhe an. Was genau ist »kniehoch«?, will ich von ihm wissen. Ist ein Yorkie kniehoch? Er denke eher an einen Boxerrüden, erwidert mein Mann und hält bestimmend eine Hand an sein Knie, welches zugegebenermaßen etwas höher sitzt als meines.

»So groß wie ein Beagle« – damit können wir uns schließlich beide anfreunden. Für mich ist dieser Punkt auch deshalb so wichtig, weil ich mir vor kurzer Zeit einen Sportwagen gekauft habe, in dem es für große Hundeboxen keinen Platz gibt. Vielmehr soll mein neuer Begleiter eingeschirrt und angeschnallt auf dem Beifahrersitz mitfahren dürfen. Attraktiv sollte er bitte schön auch noch sein, passend zum Auto ...

»Hündin oder Rüde?«, lautet die nächste Frage. Während mein Mann in diesem Punkt eher neutral ist, würde ich eine Hündin vorziehen. Hier gilt es zwar, zweimal jährlich die Wochen der Läufigkeit durchzustehen, dafür hätten wir den Rest des Jahres hindurch Ruhe vor den Hormonen. Einem triebstarken Rüden, wie unser Alf einer war, fliegt hingegen das ganze Jahr hindurch das Testosteron um die Ohren! Kaum nimmt er draußen die Spur einer interessant riechenden Hündin auf, ist's um ihn geschehen. Frauchens Kommandos werden geflissentlich ignoriert – Sitz und Platz machen, wenn man sooo verliebt ist?! Zu Hause steht Loverboy winselnd vor der Tür, sein Futter verweigert er aus Liebeskummer. Als Hundebesitzer steht man ratlos daneben und denkt sich, dass eine Kastration vielleicht doch keine ganz schlechte Idee ist.

Natürlich gibt es auch Rüden mit niedrigem Testosteronspiegel, die keinerlei Interesse am weiblichen Geschlecht haben. Und Hündinnen, die mit Scheinschwangerschaften und anderen weiblichen Malaisen zu kämpfen haben, verallgemeinern lässt sich auch hier rein gar nichts. Das gilt auch für die Aussage, dass Hündinnen leichter zu führen sind als Rüden. In der Regel mag das so sein, aber ich kenne auch Hündinnen, die sind so alphamäßig und dominant unterwegs, dass das Zusammenleben mit ihnen für ihre Besitzer nicht nur das reinste Zuckerschlecken ist.

Einig sind wir uns darin, dass wir kurzhaarige dunkelhaarige Hunde bevorzugen, wir sind beide keine »Golden-Retriever-Typen«. Ich bin zwar nicht pingelig, was ein paar Hundehaare auf dem Teppich und dem Sofa angeht, aber riesige Wolken von langhaarigen Flusen im ganzen Haus – das muss dann doch nicht sein. Außerdem mag ich das Bürsten nicht. Ich weiß, das klingt seltsam für jemanden, der zeit seines Lebens mit Viechern verbracht hat. Aber von allen Tätigkeiten rund um die Hunde- und Pferdehaltung mochte ich das Bürsten und Kämmen schon immer am allerwenigsten. Meine Erfahrung hat mir gezeigt, dass ein Hund, der qualitativ hochwertiges Futter bekommt, dem immer genügend frischer Wind um die Nase weht, der ausreichend Bewegung hat und sich wohl fühlt in seiner Haut, von Natur aus ein schönes Fell hat, das nur wenig Fellpflege benötigt. Sowohl unser Alf als auch unsere Dekita glänzten stets wie die sprichwörtliche Speckschwarte, dabei habe ich in puncto Fellpflege kaum mehr getan, als beide ab und an mit einem feuchten Tuch abzureiben.

Natürlich stellen mein Mann und ich uns auch die Frage, wie alt unser zukünftiger Hund eigentlich sein soll. Schnell steht für uns fest, dass wir uns dieses Mal einen jungen Hund wünschen. Vorzugsweise sogar einen Welpen, den wir nach unseren Vorstellungen prägen und aufziehen können.

Fazit: Nach all den Jahren der Einschränkungen wünschen wir uns nun ein ganz normales Leben mit einem ganz normalen Hund.

Ein Hund vom Züchter?

Natürlich sprechen wir auch über diese Option. Sie hat durchaus ihren Reiz: Wir könnten uns vorab über die Besonderheiten der einzelnen Rassen informieren, könnten seriöse VDH-Züchter, also Züchter, die im Verband des deutschen Hundewesens gemeldet sind, besuchen, die Muttertiere begutachten und uns aus einem Wurf properer Welpen den für uns passenden heraussuchen. Ein Hund, der vom ersten Tag an gut geprägt wurde. Dessen Eltern gesund sind und gut genährt. Ein Züchter, der seine Aufgabe mit Liebe zum Tier betreibt. Während meiner Arbeit als Chefredakteurin einer Hundezeitschrift vor vielen Jahren habe ich genügend tolle Züchter kennengelernt, die ihre Zucht mit Herz und Verstand betreiben. Die Chance, dass wir auf diesem Weg den für uns richtigen Hund finden und mit ihm ein sorgenfreies Leben verbringen, ist relativ groß.

Auch wenn wir bisher ausschließlich Hunde in Not bei uns aufgenommen haben, so hat die *seriöse* Hundezucht in meinen Augen ihre Daseinsberechtigung. Rassen wie der Deutsche Schäferhund, der Rottweiler und der Dackel gehören zu unserem Kulturgut genauso dazu wie Volkslieder und Goethes Gedichte. Und jeder, der einen Hund bei einem *seriösen* Züchter kauft und diesen bis zu dessen Tod betreut, handelt im Sinne des Tierschutzes. Hundevermehrern, die aufs schnelle Geld aus sind, gehört allerdings schnellstens und mit Nachdruck das Handwerk gelegt, mit »Zucht« haben deren Machenschaften für mich rein gar nichts zu tun! Jeder Käufer, der sich auf dem »Polenmarkt« (ich kenne übrigens viele Polen, die große Hundeliebhaber und ausgewiesene Tierschützer sind, von daher halte ich diese gängige Redewendung für ziemlich diskriminierend!) oder im Internet einen »Schnäppchen-Welpen« kauft, ohne sich mit dessen Herkunft auseinanderzusetzen, stützt dieses verwerfliche, kriminelle System, unter dem Abertausende von Hunden leiden. Denn für einen gekauften Hund werden fünf nachgezüchtet.

So charmant die Idee auch ist, einen Hund vom *seriösen* Züchter zu holen, so verwerfen wir sie dennoch wieder. Wer, wenn nicht wir mit unserem jahrzehntelangen Erfahrungsschatz, sollte einen Hund aus zweiter, dritter oder vierter Hand nehmen? Einen Tierschutzhund. Einen, den niemand anders will. Einen Findelhund, der weggeworfen wurde. Der vielleicht sterben muss, wenn wir ihn nicht nehmen.

Ein junger, kurzhaariger, schwarzer, nicht zu groß werdender Hund von einem eher leichter gebauten Schlag. Gerne auch ein Mischling, der sich mit anderen Hunden verträgt. Heißt es nicht immer, südländische Straßenhunde seien besonders verträglich mit Artgenossen? Davon gibt es Abermillionen auf dieser Welt. So schwer kann die Suche nicht sein, oder?

3. Kapitel
Die Suche beginnt

Mein erster Weg führt mich ins Internet. Wer die Worte »Tierschutzhunde«, »Hund aus zweiter Hand«, »Tierschutzorganisationen« und Ähnliches bei Google eingibt, wird von einem Tsunami an Internetseiten überrollt: Homepages von Tierschutzorganisationen aller Art. Die Homepages der Tierheime. Und dann gibt es noch die Tierschutzseiten der Rassehunde: »Huskys in Not«, »Boxer in Not«, »Jagdhunde in Not« – wer einen Rassehund sucht, braucht nicht zwingend zum Züchter gehen, auch diese Hunde landen im Tierheim oder auf Pflegestationen von privaten Tierschutzinstitutionen.

Auf der Homepage einer Tierschutzinitiative im Breisgau finde ich »Paul«. Der kleine schwarze Hund (höchstens so hoch wie mein Knie, wenn ich ein wenig in die Hocke gehe) sieht aus wie der Hund aus meinem Traum! Unglaublich, aber auch wieder nicht: Es wäre nicht das erste Mal in meinem Leben, dass ich etwas, das ich mir sehnlichst wünsche, »einfach so« finde. Ohne langwieriges Suchen. Ohne großen Aufwand. Auf schicksalhaft einfache Art und Weise. Ich gebe nicht einmal Bestellungen beim Universum dafür auf. Ein paar Beispiele gefällig?

Anfang zwanzig wünschte ich mir ein Karussellpferd. Ein richtig buntes, prächtig dekoriertes Holzpferd, mit dem ich meine erste eigene Wohnung dekorieren konnte. Nicht gerade ein alltäglicher Wunsch. Aber als ich ein paar Tage später in den elterlichen Antiquitätenladen kam, stand es einfach im Hof und wurde von meinem Vater fachmännisch restauriert. *Mein* Karussellpferd!

Ein großer Bernsteinanhänger, Servietten mit Raubtiermuster, eine tolle Zugverbindung zur Frankfurter Buchmesse – fast immer werden meine Wünsche ohne mein Dazutun wahr. »Lebe deine Träume und träume nicht dein Leben« – der Gedanke geht mir so oft durch den Kopf.

Bestimmt werden meine Wünsche auch bezüglich unseres Findelhunds erfüllt! Er wird uns finden, nicht umgekehrt. Ob die Tierschützerin im Breisgau dabei eine Rolle spielen wird?

Erst nach mehrmaligen Anrufen bekomme ich die junge Frau ans Telefon. Sie klingt gestresst, im Hintergrund ist mehrstimmiges Kläffen zu hören. Sich für Paul zu interessieren, hält sie für keine gute Idee, denn der Zwerg ist ihrer Ansicht nach »größenwahnsinnig«, indem er glaubt, er wäre ein Rottweiler. Im Alltag sieht das so aus, dass er sich beim Spazierengehen mit allem und jedem anlegen möchte. Was Spaziergänge mit Paul nicht gerade zu einem Vergnügen macht. Ich runzele die Stirn. Das will ich nicht hören! Paul sieht auf dem Foto doch sooo süß aus! Und ist er nicht irgendwie vorbestimmt für meinen Mann und mich?! Ist er nicht »unser Findelhund«? Davon will nun wiederum die Tierschützerin nichts hören, vielmehr will sie Paul für immer behalten. Warum steht er dann auf der Homepage?, frage ich verärgert nach. Die Tierschützerin geht darauf nicht weiter ein, meint stattdessen, sie hätte einige Rottweiler, die dringend auf ein neues Zuhause warten würden.

Der Breisgau liegt nah an Frankreich. Und Hunde der Rasse Rottweiler dürfen im Nachbarland nur noch mit Maulkorb und von Volljährigen geführt werden – Bedingungen, die nicht alle Hundehalter bereit sind zu erfüllen. Dazu kommen erhöhte Steuersätze – unser Nachbarland ist für rigorose Hundegesetze bekannt. All dies hatte zur Folge, dass die französischen Tierhalter ihre Rottweiler massenhaft »entsorgt« haben. Nun sitzen die meist gutmütigen Riesen in völlig überfüllten Tierheimen und werden nach gewissen Fristen eingeschläfert. Deutsche Tierschützer aus der Grenzregion versuchen verzweifelt zu helfen.

Ein Rottweiler auf dem Beifahrersitz meines Sportwagens? Ich wünsche der Tierschützerin alles Gute.

Die Suche geht weiter

Die meisten Telefonate, die ich in den nächsten Tagen führe, laufen nach einem ähnlichen Muster ab: gestresste Tierschützerinnen, die wenig Zeit haben, weil sich in ihrem Umfeld eine Katastrophe nach der andern abspielt, lautes Bellen im Hintergrund.

In Düsseldorf stoße ich auf einen Dobermann im Miniaturformat: einen sogenannten Rehpinscher. Der arme Wurm hing in Rumänien an der Kette! Mein Mann und ich wären durchaus bereit, die weite Strecke nach Düsseldorf auf uns zu nehmen, doch auch diese Tierschützerin möchte den Kleinen nicht hergeben. Schade. Irgendwie kann ich die Frau dennoch verstehen: Würde ich Pflegehunde aufnehmen bis zu deren Vermittlung – mir würde die Trennung auch jedes Mal schrecklich schwerfallen. Aber nicht umsonst sagt man, dass Tierschutz zu fünfzig Prozent mit dem Herzen und zu fünfzig Prozent mit dem Verstand betrieben werden muss. Ein gewisses Maß an »Coolness« ist einfach nötig, wenn es darum geht, für Tierschutzhunde ein neues Zuhause zu finden. Ein gutes

Beispiel dafür ist die Fernsehmoderatorin Sonja Zietlow, die mit ihrem Förderverein Dingo e. V. seit 2008 Hunde aus mallorquinischen Tierheimen und Tötungsstationen rettet und nach Deutschland vermittelt. Statt angesichts des großen Tierelends auf der Ferieninsel in Tränen auszubrechen oder wegzuschauen, organisiert Sonja Zietlow auf sehr patente Art Spenden, Flugpaten und mehr. Auch die Homepage, auf der Dingo e. V. seine Hunde präsentiert, schaue ich mir an, doch »unseren« Hund finde ich darauf leider nicht.

Als Nächstes stoße ich auf die Homepage einer kleinen, privaten Tierschutzorganisation. Diese arbeitet vornehmlich mit ausländischen Tierheimen zusammen, um Hunde aus Tötungsstationen zu retten und Tieren, die in Spanien, Ungarn oder Polen keine Vermittlungschancen haben, eine solche in Deutschland zu bieten. Unter der Rubrik »Junghunde« hat es mir eine knapp vier Monate alte Hündin namens »Indira« angetan. Sie hat schwarzes kurzes Fell, eine Zeichnung wie ein Dobermann, und der Schalk blitzt in ihren Augen. Ihre endgültige Größe wird als »mittelgroß« angegeben. Mittelgroß – das kann doch nur kniehoch bedeuten, oder?

Ob diese junge Dame was für uns wäre? Sie ist mit vier Monaten zwar kein ganz junger Welpe mehr, sondern vielmehr in einem Alter, in dem kleine Hunde ihre ersten Abnabelungsversuche unternehmen. Aus kynologischer Sicht kein besonders glücklicher Zeitpunkt also, um einen Hund zu übernehmen. Andererseits ist ein Welpe mit vier Monaten in der Regel längst stubenrein, an Halsband, Leine und vieles mehr gewöhnt. *Falls* er eine ausreichende Sozialisierung erfahren durfte.

Ich rufe bei der angegebenen Telefonnummer an und

erlebe das gewohnte Déjà-vu: eine gestresste Tierschützerin, im Hintergrund lautes Bellen, ein Notfall, der sofort zum Tierarzt gebracht werden muss. Wir vereinbaren, am Abend in Ruhe miteinander zu telefonieren.

Plötzlich haben sie Namen

Bei diesem Telefonat erfahren wir Schreckliches:

Die kleine Indira kam zusammen mit sechs Geschwistern in der Tötungsstation von Budapest zur Welt. Ihre Mutter Cosma wurde von ihrem Besitzer brutal entsorgt, als er merkte, dass sie trächtig war. Auf den Gedanken, die Hündin rechtzeitig kastrieren zu lassen oder wenigstens während der heißen Phasen auf sie aufzupassen, kam er nicht – das ewig alte, ewig gleiche Lied in vielen südlichen und östlichen Ländern, aber auch bei uns in Deutschland! Wie viel Tierelend könnte vermieden werden, wenn Hunde und Katzen kastriert würden, vor allem die, die frei auf den Straßen und Feldern herumstreunen. Kastrierte Hunde und Katzen – und der Tierschutz wäre deutlich einfacher. Stattdessen paaren sich die Tiere wahllos und werden dann wie Cosma und ihre Jungen wie Müll entsorgt. Seit Jahrzehnten warte ich darauf, dass sich hier von Gesetzesseite her etwas ändert, bisher vergeblich. Wie viele Petitionen müssen wir noch unterschreiben …

Bebend vor Wut höre ich weiter zu, was die Tierschützerin noch zu erzählen hat: Die junge Hundemutter Cosma war so entkräftet, dass ihr ausgemergelter Leib nicht genügend Milch für die Jungen lieferte. Doch das Glück im Unglück war nah: In der Nachbarbox saß eine zweite Hündin, die mit einer Gewehrkugel in der Schulter in die Tötungsstation eingeliefert worden war und durch dieses

Trauma ihre eigenen Babys verloren hatte. Milch hatte sie genügend. Diese zweite Hündin wurde Amme für Cosmas Babys.

Mir steigen die Tränen in die Augen, ich muss mich beherrschen, um nicht vor Wut und Entsetzen loszuheulen. Natürlich weiß ich um das Elend rumänischer, spanischer, italienischer wie auch türkischer Straßenhunde! Viele unserer Nachbarländer haben eine andere Einstellung zur Kreatur Tier als wir. In Fuerteventura werden ausgediente Jagdhunde zur allgemeinen Belustigung an Bäumen aufgehängt, und zwar so, dass die Pfoten gerade noch den Boden berühren. »Klavierspielen« wird diese allgemeine Volksbelustigung genannt. Die Hunde versuchen so lange vergeblich auf den Boden zu gelangen, bis ihre Kraft sie verlässt und sich der Strick um ihren Hals zuzieht. Wie verroht müssen Menschen sein, um sich so etwas auszudenken? Und dort soll ich Urlaub machen? Vielen Dank. Anderswo werden Hunde zu Tausenden in Tötungsstationen vergast. In Italien ist das inzwischen verboten, dort kommen Straßenhunde in private »Aufbewahrungsanstalten«, wo oftmals skrupellose Geschäftemacher pro Kopf ihrer »Schützlinge« von der Stadt oder vom Staat bezahlt werden. Je mehr Hunde, desto mehr Geld! Kein Wunder, dass so gut wie kein italienischer Hund mehr ins Ausland vermittelt wird. Wie es hinter den Mauern solcher Tierheime aussieht, mag man sich kaum vorstellen.

Wie leicht ist es für uns, die Augen vor dem Leid dieser Tiere zu verschließen.

Ein schockierender Bericht im Fernsehen? Wegzappen?

Ein aufrüttelnder Artikel in der Tageszeitung? Schnell umblättern! Geholfen ist den Abermillionen Tieren damit nicht. Gegen Tierleiden heißt es Petitionen aufsetzen, Unterschriften sammeln und laut zu protestieren. Die Macht dazu hat jeder Einzelne von uns. Wenn in einem Urlaubsland plötzlich die Urlauber ausbleiben, weil diese gegen den Missbrauch der Tiere ein Signal setzen wollen – ich bin fest davon überzeugt, dass sich dann in puncto Tierschutz endlich etwas zum Besseren wenden würde.

Beim Telefonat mit der engagierten Tierschützerin bekommen die anonymen Hunde plötzlich Namen: Cosma, Indira, ihre Geschwister heißen Max, Boomer, Eric ...

Die Tierschützerin ist mir sympathisch, wir verabreden einen Besuch am kommenden Samstag. Mein Mann und ich haben das starke Gefühl, dass Indira unser nächster Hund werden könnte. Mein Gott, sind wir auf einmal glücklich!

Wir haben nun allerdings ein winziges Problem:

Wie bringen wir unserem Umfeld bei, dass wir bald wieder Hundebesitzer sein werden?! Alle glauben doch, dass wir nun ein Jahr hundefrei leben werden. Und dementsprechend wurden wir auch schon verplant: Meine Mutter will zusammen mit meiner Schwester und mir eine Freundin in Kreta besuchen, meine beste Freundin plant eine Wellnessreise über Ostern nur für uns Mädels, die Eltern meines Mannes, die dreihundert Kilometer entfernt wohnen, hoffen auf häufigere Besuche ... Das alles würde mit einem jungen Hund im Haus hinfällig werden. Bestimmt erklären uns alle für verrückt. *So what!* Damit werden wir wohl leben müssen.

Am Abend in geselliger Runde erzählen wir vom Leid der Straßenhunde, gegen das man dringend etwas unternehmen muss. Ganz allgemein. Unverbindlich. Small Talk sozusagen.

Aber unsere Freunde kennen ihre Pappenheimer, sprich uns. »Einfach so daherreden« gibt's bei uns nicht.

»Ihr wollt euch also wieder einen Hund anschaffen«, heißt es sogleich. Keine Frage. Eine Feststellung.

Mein Mann und ich nicken, auch wenn uns das Wort »anschaffen« sauer aufstößt. Aufnehmen gefällt uns besser. Willkommen heißen. Mit offenen Armen empfangen.

Der Tropfen auf dem heißen Stein?

»Ihr wolltet euch doch ein schönes Leben machen, stattdessen tut ihr euch schon wieder so eine geschundene Kreatur an. Die sind doch alle gestört. Und außerdem – ihr könnt nicht die ganze Welt retten!«, bekommen mein Mann und ich zu hören.

»Wir wollen doch gar nicht die ganze Welt retten«, antworte ich. »Aber wenigstens *einem* Hund können wir hier und jetzt helfen!«

»Das ist doch nicht mehr als ein Tropfen auf dem heißen Stein!«, heißt es sogleich. »Und dafür gebt ihr euer schönes Leben auf.« Verständnisloses Kopfschütteln begleitet diese Aussage.

Der Tropfen auf dem heißen Stein. Mein Lieblingsspruch. Der musste ja kommen. Der Satz, der mich fuchsteufelswild macht. Ist ein Hund ein Tropfen? Sind Menschen Tropfen?! Hier geht es um Lebewesen! Und alle, die das nicht erkennen und sich hinter diese Redensart flüchten, machen es sich verdammt einfach.

»Und ausgerechnet ein Hund aus dem Ausland! Arme Hunde gibt es bei uns doch auch zuhauf, dafür musst du nicht nach Ungarn oder Spanien gehen! Jedes Jahr zur Ferienzeit werden in Deutschland Tausende von Hunden auf

Raststätten ausgesetzt. Schaut euch doch zuerst einmal in unseren Tierheimen um«, sagt eine Freundin. Sie hat nicht unrecht mit diesem Einwand.

Seit Jahrzehnten bin ich Mitglied in einem ansässigen Tierheim und kenne dessen schwierige Situation sehr wohl. Dennoch halte ich dagegen: Wer einmal eine spanische *Perreira* (Tötungsstation) oder ein osteuropäisches Tierheim gesehen hat, hält ein deutsches Tierheim für einen Ort der Glückseligkeit.

Meine Devise: »Das eine tun und das andere nicht lassen«

Natürlich spende ich regelmäßig für »mein« Tierheim, zu Weihnachten immer zusätzlich einen höheren Betrag. Und wenn ich gefragt werde, ob ich beim Tierheimfest eine honorarfreie Lesung halten könne, sage ich nie nein. Ich sammle Spendengelder und Decken, ich gehe bei Verlagen betteln, um Bücherspenden für die Tierheimtombola zu bekommen. Wann immer ich meine Bekanntheit im Namen der Tiere nutzen kann, mache ich das. Es ist nicht viel, was ich leiste, aber es ist besser als nichts. Jeder Beitrag zählt.

Darüber hinaus ist es mir ein Anliegen, auch im Tierschutz über den Tellerrand hinauszuschauen. Die ganze Welt redet von Globalisierung, nur wenn es um das Leid der Tiere geht, machen wir die Grenzen dicht. Das möchte ich anders machen. Unser Wunsch, einen ausländischen Tierschutzhund aufzunehmen, steht fest.

4. Kapitel
Herzen schmelzen dahin

Nach einer schlaflosen Nacht machen wir uns am 13. Dezember 2008 aufgeregt auf den Weg. Die Tierschützerin wohnt in der Nähe von Aalen, wir in der Nähe von Stuttgart – das sind hundertfünfzig Kilometer Fahrt. Nach einer guten Stunde sind wir in einer hübschen Vorortsiedlung angekommen. Ein Einfamilienhaus reiht sich ans nächste. Wir tauschen einen Blick – *hier* sollen Tierschutzhunde leben?

Eine Klingel gibt es nicht an besagtem Haus, es gelingt uns dennoch, uns bemerkbar zu machen. Als wir im Haus sind, wissen wir sogleich, dass die Idee, die Klingel abzuschaffen, keine schlechte war: Auch ohne Glockengeläut verfallen die Hunde sofort in Freudengeheul.

Drei Rudel mit je zehn, zwölf Hunden leben im Haus der Tierschützerin: eins im ersten Stock, eins im Wohnzimmer und eins in Küche und angeschlossenem Flur. In diesem Rudel lebt auch Indira, wegen der wir gekommen sind. Wohin man auch schaut – überall wuselt es von Hunden. Es ist laut, es geht hoch her, gleichzeitig ist es erstaunlich sauber: Es riecht nur ein kleines bisschen nach Hund, und sobald einer der Welpen Pipi macht, steht die Tierschützerin mit einem Küchenpapier parat, um es aufzuwischen.

»Wenn *ich* einen Roman schreiben müsste, dann bekäme er den Titel *Mein Leben mit der Küchenrolle,* sagt sie lachend.

Ich schaue mich weiter in der Wohnung um: Die Türen sind zwar verkratzt, die Möbel ein wenig abgelebt, aber alles ist in einem anständigen Zustand. In einer Glasvitrine stehen Sammelobjekte, auf dem Küchentisch ein Adventskranz mit brennender Kerze. Auf meine Frage, ob sie denn keine Angst habe, dass bei so vielen Hunden im Eifer des Gefechts etwas zu Bruch geht oder passiert, schüttelt die Tierschützerin vehement den Kopf.

»Viele unserer Hunde haben noch nie in einem Haus gelebt, das sollen sie nun bei mir lernen. Weggesperrt in einem Zwinger könnten sie das nicht. Nur wenn ich sie an unserem ganz normalen Alltagsleben teilhaben lasse, gewöhnen sie sich später in ihrem neuen Zuhause gut ein«, sagt sie und zückt erneut die Küchenrolle.

Das leuchtet mir ein, dennoch frage ich mich, wie und ob ein »normaler Alltag« mit so vielen Hunden unter einem Dach überhaupt möglich ist. Ohne große Opfer geht das gewiss nicht. Meine Bewunderung für die Frau und all die anderen, die ihr Leben in den Dienst des Tierschutzes stellen, wächst und wächst. Diese tollen Frauen und Männer hätten allesamt einen Orden verdient, stattdessen machen Behörden und Nachbarn ihnen oftmals das Leben noch schwerer, als es eh schon ist.

Wir bekommen Kaffee angeboten, haben aber nur Augen für das Dutzend Hunde, das uns bestürmt. Die meisten sind in Indiras Alter, also vier Monate alt, aber auch eine wunderschöne, sehr schlanke Schäferhündin von vier Jahren ist dabei. Alle buhlen sie um unsere Aufmerksamkeit. »Schau her, ich bin lieb!« – »Nein, ich! Ich bin schön und lieb!« – »Dafür bin ich lieb und lustig!« – »Weg mit euch, mich sollt ihr nehmen! Ich kann nämlich am traurigsten schauen!«

Es zerreißt uns fast das Herz, mit anzusehen, wie die Hunde sich anbieten. Alle scheinen zu spüren, dass es sich hier um die Chance ihres Lebens handeln könnte. Und alle sind sie unglaublich freundlich, arglos, aufgeschlossen gegenüber uns, den fremden Menschen.

Auch wenn wir wegen Indira hier sind, merken wir schnell, dass uns die Wahl schwerfallen wird, denn: Sich für einen Hund entscheiden heißt, sich gegen alle anderen zu entscheiden.

Und Indira? Sie ist die lauteste, wildeste und frechste Hummel von allen, hüpft auf meinen Schoß, ziept an meinen Haaren, nur um im nächsten Moment gleich wieder einen ihrer Hundekameraden zu piesacken. Wo Indira ist, ist Action!

Mir kommen plötzlich Zweifel – so eine stürmische Hundedame will ich eigentlich nicht. Denn auch mit Welpen im Haus muss ich in der Lage sein, meiner Arbeit nachzugehen. Was in meinem Fall heißt: schreiben, schreiben, schreiben. Hund hin oder her – um meinen Abgabetermin komme ich nicht herum.

»Ich glaube, Indira würde es bei uns zu Hause schnell langweilig werden. Sie braucht eine Familie mit Kindern, die mit ihr herumtoben, und keinen langweiligen Schriftstellerhaushalt!« Wieder einmal spricht mein Mann aus, was ich denke. Im selben Moment fällt unser Blick auf einen Hund, der die gleiche Zeichnung hat wie Indira, jedoch glatteres Fell. Er hat uns nur kurz begrüßt, und das mit weitaus weniger Enthusiasmus als alle anderen, dann hat er in aller Seelenruhe die Spielzeuge eingesammelt, um die sich alle zuvor gebalgt haben. Mit einem Ball und einem Quietschetier hat er sich dann auf die Liegedecke unter dem Küchentisch verzogen, er scheint es zu genießen, den Platz endlich einmal für sich zu haben. Überhaupt macht der Kleine einen eher gestressten Eindruck, das Toben der anderen scheint ihm auf die Nerven zu gehen. Er bellt und fiept auch nicht, sondern ist ruhig und fast ein wenig in sich gekehrt.

»Das ist Indiras Bruder Eric, er war der Kleinste des ganzen Wurfes«, erklärt die Tierschützerin, der unsere Blicke nicht entgangen sind. »Alle anderen Geschwister sind schon gut vermittelt worden, auch für die Mutter und die Hunde-Amme haben wir ein gutes Zuhause gefunden. Nur Indira und Eric sind noch übrig.«

Eric. Aha. Der Kleinste des Wurfes. Mein Gott, ist der süß! Mein Herz schmilzt dahin angesichts des kleinen selbstzufriedenen Hundes unterm Küchentisch. So ein lieber, ruhiger Zeitgenosse! Zwar ein Rüde, aber sooo wichtig ist das Geschlecht nun auch wieder nicht, oder? Fragend schaue ich meinen Mann an, kann seine Miene jedoch ausgerechnet in diesem Moment einmal nicht lesen.

»Was meinst du, ist das unser Findelhund?«, flüstere ich meinem Mann zu. Eine Antwort bekomme ich nicht, aber wenn ich den seligen Blick meines Mannes richtig deute ...

Die Tierschützerin will uns nun vorführen, wie sie die Hunde mit frischem Quark verwöhnt. Kaum hat sie den Quarkbecher samt Teelöffel in der Hand, springen die Hunde aufgeregt um sie herum, jeder ist bemüht, einen Löffel von der Leckerei abzubekommen. Auch Eric bemüht sich unter dem Küchentisch hervor und holt sich seinen Löffel ab. Als die Tierschützerin den Löffel für den nächsten Hund in den Becher eintaucht, ist er schneller: Er hält seine Zunge gleich direkt in den Becher und kassiert so als Einziger zum zweiten Mal ab!

Wir sind beeindruckt: Dieser Hund scheint über innere Ruhe und Gelassenheit zu verfügen. Eine langweilige

Schlafmütze ist er jedoch nicht, dass er sogar besonders keck ist, hat er ja eben bewiesen.

Auf unseren Mienen breitet sich ein Grinsen aus. Fragen, Diskussionen, irgendwelche Gedankenaustausche sind unnötig. Mein Mann und ich schauen uns nur an, und schon wissen wir, dass wir beide dasselbe denken und fühlen:

Das ist er!

Die Tierschützerin nimmt mich in den Arm, wir freuen uns und genießen den Augenblick. Wahrscheinlich werden sich unsere Lebenswege nur dieses eine Mal kreuzen, dennoch spüren wir eine besondere Verbindung, unter anderen Umständen – mehr räumliche Nähe, mehr Zeit – hätten wir zwei Freundinnen sein können.

Da wir am kommenden Wochenende noch zu einer großen Familienfeier ins Saarland reisen wollen, verabreden wir mit Erics Pflegemutter, unseren Findelhund erst am darauffolgenden Wochenende, also wenige Tage vor Weihnachten, abzuholen.

Ein Hund unterm Gabentisch! Ein Unding, höre ich viele Leser laut aufschreien. Und tatsächlich sind für die meisten Menschen die Weihnachtstage mit Gänsebraten, Glöckchengeläut und Verwandtenbesuchen so ziemlich die ungünstigste Zeit, sich einen Hund ins Haus zu holen.

Bei uns jedoch verlaufen die Feiertage gemütlich und ohne Stress. Wir hetzen nicht von einer Familienfeier zur andern und werden genügend Zeit für Erics Eingewöhnung haben. Außerdem stehen im neuen Jahr für mich zunächst keine Termine an, meine Lesesaison beginnt im April und ist noch weit, weit weg.

Am liebsten würden wir unseren Kleinen ja gleich mitnehmen, der Abschied fällt uns schwer. Aber es ist ja nicht mehr lange hin.

Überglücklich fahren wir nach Hause, immer und immer wieder lassen wir unsere Eindrücke Revue passieren. Wir sind uns ganz sicher, die richtige Wahl getroffen zu haben, und das in jeder Hinsicht.

Wie sagte Loriot so treffend: »Ein Leben ohne Hund ist zwar möglich, aber nicht erstrebenswert.«

Für uns fängt nun ein neues Leben an.

Mit Eric.

Auf dem Heimweg statten wir meinen Eltern einen Besuch ab. Natürlich müssen wir niemandem Rechenschaft ablegen, aber wir werden auf die Hilfe meiner Eltern angewiesen sein, wenn es um Dogsitting und Urlaubsvertretung geht. Von daher ist es nur fair und richtig, dass sie endlich erfahren, wie es um unser »hundefreies« Jahr bestellt ist.

Auch meine Schwester ist dabei, als ich stotternd mit der Sprache herausrücke. Die Reaktion der drei ist eine völlig andere als die, die wir erwartet haben: Erst bricht meine Schwester, dann meine Mutter in Tränen aus.

»Endlich wieder ein Hund im Haus«, schluchzen beide.

Mein Mann und ich schauen uns an – wo wir mit Verständnislosigkeit und Vorwürfen gerechnet hatten, treffen wir auf pure Vorfreude. Wir zeigen Fotos, die wir in Aalen von Klein-Eric gemacht haben, alle finden ihn zauberhaft und können es kaum erwarten, dass er zu uns kommt. Für die Tierschützerin drücken sie mir noch eine saftige Spende in die Hand.

Haben wir nicht eine wundervolle Familie?

5. Kapitel
Wir werden Eltern

Das Familienfest im Saarland wird wunderschön, die Saarländer verstehen sich aufs Feiern. Alle freuen sich über unseren Besuch, wir jedoch sind in Gedanken oft bei unserem neuen Familienmitglied und können nicht umhin, auch auf der Feier von ihm zu erzählen. Mit zweifelhaftem Erfolg: Kaum erwähnen wir das Wort Hund, überschlagen sich die Gäste mit Horrorgeschichten über Hunde, in denen es um unappetitliche Hinterlassenschaften, Dauerkläffen etc. geht. Ich erwähne, dass an all diesen Problemen vor allem die Halter der Tiere schuld sind, es wird pflichtschuldig genickt und mit der nächsten Hundehorrorstory begonnen. Die meisten Sätze beginnen so: »Ich mag ja Hunde sehr gern, ABER …« Ich bezweifle, dass wir unseren Eric je hierher mitnehmen werden.

Wieder zu Hause, verkürze ich mir die Zeit, indem ich mehrere Tiergeschäfte aufsuche und mir nach und nach eine sogenannte »Erstausstattung« zulege. Hört sich nach Wickelkommode und Windeln an, aber in unserem Einkaufswagen finden sich dann doch eher Dinge wie ein hellbraunes, kuschelweiches Körbchen, eine leichte Leine, Futter, Spielzeug und vieles mehr. Als ich durch das Geschäft schlendere und all die schönen, witzigen und teilweise auch abstrusen Dinge betrachte, die Hundehalter kaufen können, wird mir plötzlich ganz anders zumute. So viele Jahre halten mein Mann und ich nun schon Hunde. Und nun, nach so langer Zeit, werden wir Eltern …

Als Dekita starb, habe ich das, was an Leinen, Spielzeug und Halsbändern noch gut war, verschenkt. Auch zehn Paletten bestes Dosenfutter gehörten dazu. Alles andere, was von ihr verschlabbert oder zu Tode geschmust worden war, habe ich weggeworfen. Nur das Moorhuhn aus Latex, Dekitas Lieblingspielzeug, bekam einen Ehrenplatz bei mir im Bücherregal. Darauf bestand mein Mann. Immer wenn mein Blick darauffällt, denke ich an unsere Prinzessin. Aber für Eric soll alles neu und frisch sein, frei von alten Erinnerungen. Das Beste ist für ihn gerade gut genug! Bei jedem Kauknochen nerve ich die Verkäuferin: Ist der auch wirklich »Made in Germany«? Oder ist das etwa ein Billigprodukt aus China, welches in kürzester Zeit unter Hochdruck und mit viel Chemie getrocknet und eingefärbt wurde? So was kommt mir für unseren Findelhund definitiv nicht in die Tüte! Dasselbe gilt fürs Spielzeug: Auch hier schaue ich auf saubere Verarbeitung und darauf, dass der Hund später auch wirklich gefahrlos damit herumtoben kann. Ein Quietschetier, bei dem Klein-Bello beim ersten Spielen die Tröte im Maul hat – nein danke.

Besonders viel Zeit verwende ich auf die Suche nach einem geeigneten Welpenfutter. Für die ersten Tage wird mir die Tierschützerin bestimmt eine Ration mitgeben, damit wenigstens etwas in Erics Leben vorerst beim Alten bleibt. Nach und nach werde ich dann das neue Futter dem gewohnten beimischen, so dass der Übergang nicht zu abrupt wird.

Waren Sie schon einmal in einer gutsortierten Tierfutterhandlung auf der Suche nach dem »richtigen« Futter? Angesichts ellenlanger Regale und Dutzender Hersteller mit wiederum Dutzenden unterschiedlichen Sorten nicht gerade ein Kinderspiel, denn: Laut Hersteller ist natürlich stets das eigene Futter das beste! Ich schaue mir die Inhaltsstoffe genau an, ebenso die Art der Verarbeitung und das Herstellungsland, vergleiche sorgfältig und entscheide mich schließlich für ein Alleinfutter auf Flockenbasis, das in Bayern hergestellt wird und speziell für mittelgroß werdende Hunde im Alter von 0 bis 6 Monaten gemacht wurde.

Am Ende ist mein Einkaufswagen rappelvoll, und ich bin einen stattlichen Geldbetrag los, und das, ohne strassverzierte Halsbänder oder eine Louis-Vuitton-Hundetragetasche erstanden zu haben.

Der große Tag

Am 22. Dezember, also zwei Tage vor Weihnachten, ist es endlich so weit: Wir holen unseren Findelhund Eric ab. Dass er auch bei uns weiterhin Eric heißen soll, steht außer Frage. Es ist ein schöner Name, oder?

Ich bin seit halb sechs Uhr morgens wach. Dabei haben wir unseren Termin bei der Tierschützerin erst um elf Uhr. Ich bin so aufgeregt! Plötzlich kommen mir immer mehr Zweifel: Ein Hund so kurz nach Dekitas Tod – kann das überhaupt gutgehen? Hätten wir uns für die Trauer nicht mehr Zeit nehmen sollen? Werden wir den neuen Hund ständig mit dem alten vergleichen? Und dabei dem kleinen Eric unrecht tun?

Sind wir einem so jungen Hund überhaupt gewachsen? Eric wird viel lernen müssen: stubenrein zu werden, an der Leine zu laufen, Schuhe *nicht* anzuknabbern. Auf den Welpenkurs folgt der Junghundekurs, danach geht die Erziehungsarbeit weiter – ich komme mir vor wie eine Mutter von zwei erwachsenen Kindern, die mit Mitte vierzig nochmals ein Kind erwartet. Was, wenn ich mit der Aufgabe überfordert bin?

Auch habe ich ein wenig Bauchweh beim Gedanken an den Besuch bei der Tierschützerin. Was, wenn wir uns von den Dutzenden treuer Hundeaugen erweichen lassen und ein zweites Hundle mit nach Hause bringen? Im schlimmsten Fall ebenfalls im Welpenalter, dann heißt es zwei Jungspunde erziehen ... Auch mein Mann ist ungewöhnlich still während der Fahrt – kommen auch ihm Zweifel, so kurz vor dem Ziel?

Die Tierschützerin hat einen Großteil ihrer Hunde in anderen Zimmern untergebracht, so dass wir nicht allzu vielen flehenden Hundeblicken ausgesetzt sind. Nur ein paar Hunde sind im Raum, unter ihnen ist auch Shasia, die zierliche Schäferhündin, die bei unserem ersten Besuch meinen Mann so angeschmachtet hat.

Wir unterschreiben den Übergabevertrag, bezahlen die Schutzgebühr, dann trinken wir noch zusammen mit der Tierschützerin eine Tasse Kaffee. Eric sitzt derweil auf meinem Schoß und schmiegt seinen kleinen warmen Körper an meine Brust. Die Hündin Shasia lässt uns nicht aus den Augen.

»Nimm mich auch mit, ich sehne mich so sehr nach einem Zuhause, will endlich mehr sein als das dritte Rad am Wagen!«, fleht sie uns stumm an. Ich schaue meinen Mann an. »Was meinst du? Sollen wir doch ...?«

Er schüttelt mit leisem Bedauern den Kopf. »Eric hat unser Herz erobert, es ist nun unsere Aufgabe, ihm die Eingewöhnung so leicht wie möglich zu machen. Ein zweiter Hund zu diesem Zeitpunkt würde uns wahrscheinlich überfordern.«

Wieder einmal hat mein Mann recht. Ich streichle Klein-Eric über den Kopf. Ob er wohl spürt, dass der heutige Tag für ihn ein ganz besonderer ist?

Dass der Schriftkram so schnell erledigt ist, hat auch damit zu tun, dass unsere Tierschützerin im Vorfeld bei unserem Tierarzt anrief, um sich nach uns zu erkundigen. Meinem Tierarzt bin ich seit über siebenundzwanzig Jahren treu, er kennt mich und meine Art der Hundehaltung so gut wie kein anderer, also habe ich ihn als Leumund angegeben. Für die Tierschützerin war dies eine große Hilfe, denn so muss sie sich nicht allein auf den ersten Eindruck verlassen, den wir vermitteln.

Unter allen Interessenten die Spreu vom Weizen zu trennen, das stelle ich mir wahnsinnig schwierig vor: Wer sich für einen Hund interessiert, wird sich immer von seiner Schokoladenseite zeigen, oder? Aber wer garantiert, dass dieser Jemand es auch wirklich ernst meint und auch dann noch bei der Stange bleibt, wenn er erst einmal feststellt, dass Hunde sowohl Arbeit als auch Dreck machen, sowohl Zeit als auch Geld kosten? Wie viele Hunde landen nach einer gewissen Zeit wieder beim Tierschutz. Geholfen ist damit niemandem, den Hunden am allerwenigsten. Wer für Tierschutzhunde ein neues Zuhause sucht, benötigt von daher nicht nur Hundeerfahrung, sondern auch eine große Portion Menschenkenntnis.

Unsere Kaffeetassen sind noch nicht leer, als es an der Tür klopft: Es ist die Polizei. Zwei Beamte haben eine Labradorhündin aufgegriffen, verstört und abgemagert. Das Tierheim sei überfüllt und will den Hund nicht nehmen. Bevor unsere Gastgeberin sichs versieht, drückt ihr einer der Beamten die Leine in die Hand, und im Haus lebt ein Vierbeiner mehr …

Ich verstehe immer besser, wie es dazu kam, dass ein ganz

normales Einfamilienhaus in einer ganz normalen Vorortsiedlung zur Auffangstation für arme Hunde geworden ist. Nein zu sagen, fällt nun einmal verdammt schwer, wenn einen ein verzweifeltes Paar Hundeaugen anschaut.

Abschiede und Anfänge

Dann kommt der Moment, den ich ein wenig gefürchtet habe: Ich setze mich ins Auto, die Tierschützerin hebt Eric auf meinen Schoß. Wir verabschieden uns mit dem gegenseitigen Versprechen, in Kontakt zu bleiben. Zum Abschied schenkt die Frau mir noch eine wunderschöne Orchidee. »Sie sind eine besondere Frau«, sagt sie und drückt sanft meinen Arm. Mir kommen die Tränen. Ich bitte meinen Mann, zügig loszufahren.

Nach einer halben Stunde Fahrt wird Eric schlecht, er spuckt einmal quer über meinen Schoß. Ich habe jedoch vorgesorgt: Ein altes Handtuch fängt das meiste auf; nachdem ich es fein säuberlich zusammengeknüllt habe, fahren wir relativ unbehelligt von dem Malheur weiter.

Die ersten Schritte im neuen Heim sind natürlich ungeheuer spannend für uns alle drei! Eric geht ohne Scheu von Zimmer zu Zimmer, hat innerhalb von fünf Minuten seinen Spielzeugkorb und seine Kuscheldecke im Wohnzimmer entdeckt, es beginnt erst einmal eine Spielrunde. Diese brechen wir allerdings ab, um ihm den Garten zu zeigen. Dieser ist Gott sei Dank absolut ausbruchsicher eingezäunt – so glauben wir zumindest zu diesem Zeitpunkt –, so dass wir Eric ohne Leine laufen lassen können. Unter viel Lob lässt er ein erstes Bächlein.

Viele Hundeanfänger haben vor dem Thema Stubenreinheit große Angst, für mich hingegen war das noch nie ein Problem, denn ich erkenne instinktiv, wann ein Hund sein Geschäft erledigen möchte: Er wird unruhig, geht zur Tür, schaut sich immer wieder nach mir, seinem Frauchen, um. Manche Hunde tragen ihre Rute anders, wenn's pressiert. Von den körperlichen Signalen abgesehen gibt es außerdem allgemeine Richtlinien, an die man sich halten kann: Kleine Welpen und Junghunde müssen sich meistens lösen, nachdem sie gefressen oder getrunken haben oder eine Schlaf- oder Spielrunde hinter sich haben. Das heißt jedoch nicht, dass ein Hundekind sich auch wirklich löst, wenn's drückt. Ein Vogel, eine Schnecke, ein Hölzchen können reichen, und schon ist der Hund so abgelenkt, dass er sein Geschäftchen erst einmal vergisst. Wenn's draußen so spannend ist, kann man das gut noch später, drinnen, erledigen …

Damit Eric von Anfang an weiß, dass der Garten zum Lösen da ist, gehe ich jedes Mal mit ihm raus und erzähle ihm, was ich gerne hätte: »Mach schön Pipi, schönes Pipi machen, feiner Eric, feines Pipi.« Es ist Dezember und bitterkalt, meine Chancen, dass der Nachbar *nicht* auf dem Balkon steht und mir zuhört, stehen somit recht gut.

Am frühen Nachmittag sind wir alle drei so erschöpft, dass wir einen Mittagsschlaf brauchen. Um Eric ein bisschen Wärme und Rudelgefühl zu geben, lege ich mich zu ihm auf den Boden, eine Decke schützt uns vor der Kälte. Wir schlafen beide sofort ein.

Der Abend verläuft harmonisch, Eric scheint sein neues Zuhause schon jetzt zu lieben, ich habe nicht den Eindruck, dass er das laute wilde Hunderudel auch nur eine Spur vermisst. Er tobt durch die Wohnung, erkundet jeden Winkel, trägt seine Spielzeuge von hier nach da. »Gehört jetzt alles mir! Meins, und meins allein!« – seine Körpersprache ist ziemlich eindeutig. Schlafen mag er nicht, seit unserem gemeinsamen Mittagsschläfchen ist der kleine Racker nun schon auf den Beinen. Ich wundere mich ein bisschen. Eigentlich dachte ich, dass Junghunde in diesem Alter ein ausgeprägtes Schlafbedürfnis haben. Andererseits: Alles ist neu und spannend, da ist es doch normal, dass der Kleine Besseres zu tun hat, als zu schlafen, oder?

»Klappt ja prima, ich hatte mir den ersten Tag eigentlich schwieriger vorgestellt«, sagt mein Mann, als wir uns für die Nacht fertigmachen.

Erics Körbchen stelle ich ganz nah an mein Bett, damit er unsere Nähe spüren kann. Immerhin hat er bisher immer in einem Rudel geschlafen, wo viele Körper ihn warm gehalten haben – alleine schlafen ist der Bub nicht gewohnt. Eric jedoch schaut sein Körbchen nur schräg von der Seite an, als wollte er sagen: »Wer um alles in der Welt soll denn *hier* schlafen?!«

Ich liege noch nicht richtig, da springt der Kleine zu mir ins Bett. *Why not?* Schlafen wir halt zu dritt.

Auch Tag 2 – der Tag vor Heiligabend – verläuft gut, meine Familie kommt kurz vorbei, um Eric anzuschauen. Alle sind hellauf begeistert und haben noch nie einen so hübschen Welpen gesehen. Wehe, jemand hätte etwas anderes gesagt!

Am Abend besuchen mich Freundinnen. Wie jedes Jahr sind wir zu unserem traditionellen Christmas-Ladys-Dinner verabredet. Normalerweise treffen wir uns in einem schönen Restaurant, aber Eric zuliebe möchte ich nicht außer Haus gehen. Unser Dinner absagen möchte ich jedoch auch nicht, also lade ich kurzerhand alle zu mir ein. Es gibt Pasta und Salat, mehr bekomme ich nicht zustande, denn ständig muss ich ins Wohnzimmer rennen und Klein-Eric davon abhalten, etwas anzuknabbern und herunterzuschlucken. Es ist unglaublich, was im Laufe eines Tages in einem kleinen Hundemagen alles verschwindet: Fransen vom Perserteppich, die Noppen vom Gummiball (das Teil wurde mir als bissfest verkauft!!!), Fetzen vom Sofakissen … Ich komme mir vor wie eine dieser gestressten jungen Mütter, die nur Augen für ihre krabbelnden Schützlinge haben. »Pascalle-Joelline, lass das!« oder »Nein, Kevin-Johnson, das tut man nicht« – herzlich willkommen im Clan der Übermütter, bei deren Tischgesprächen kein Satz zu Ende gesprochen werden kann. Wie oft habe ich in der Vergangenheit über solche Mamis gelästert.

Nun bin ich diejenige, die jedes Gespräch mit »Eric, pfui!« oder »Eric, nein!« unterbricht. Die leicht enervierten Blicke meiner Ladys versuche ich zu ignorieren.

Die haben echt kein Verständnis fürs Wesentliche!, denke ich mir und hoffe, dass der Abend bald vorüber ist.

Besuch am Tag, Besuch am Abend, dazu tausend weitere neue Eindrücke – vielleicht war alles zusammen zu viel, jedenfalls bekommt Eric in der Nacht Durchfall, auch muss er spucken. Aus Solidarität ergeht es mir nicht viel besser. Ich spürte schon am Tag, dass etwas im Anflug war – hoffentlich habe ich mein Hündchen nicht angesteckt.

Damit wenigstens mein Mann schlafen kann, ziehe ich mit Eric ins Wohnzimmer um. Mit »die Signale des Hundes lesen« und ahnen, wann es verdauungstechnisch so weit ist, ist's nun erst einmal vorbei. Durchfall ist unberechenbar, nicht jedes Mal reicht es bis hinaus in den Garten. Das Saubermachen ist kein Spaß, wenn einem eh schon elend zumute ist.

Ich krame meine Arzneischublade durch, verabreiche Eric und mir stündlich Nux Vomica D6, außerdem Okoubaka D6, am frühen Morgen geht's uns beiden wieder gut.

Am Vormittag rufe ich dennoch bei meinem Tierarzt an. Ich habe Glück: Trotz Weihnachtsfest ist die Praxis geöffnet und unser Tierarzt bereit, uns zu sehen. Eigentlich hatte ich vor, im neuen Jahr einmal vorstellig zu werden – ganz gepflegt und ohne Eile –, aber Durchfall bei jungen Hunden ist gefährlich, sie dehydrieren sehr schnell. Und über die Feiertage einen Tierarzt zu erreichen, ist sicher noch viel schwieriger. Also fahren mein Mann, Eric und ich mittags am Heiligen Abend nach Stuttgart zum Doc.

Kaum heben wir Eric auf den Behandlungstisch, erleben wir einen Schock: Unser Hund ist panisch vor Angst, uriniert vor Schreck. Du meine Güte! Mit solch einer heftigen Reaktion haben wir nicht gerechnet. Unser Tierarzt beweist sehr viel Ruhe. Das Wichtigste sei nun erst einmal eine Seelenmassage, verkündet er und krault Erics Kopf. Nun weiß ich endlich, wo die Seele liegt, denke ich mir stumm.

Unser Tierarzt klärt uns nun darüber auf, dass in den staatlichen Tötungsstationen im Ausland die Hunde oft von Männern in weißen Kitteln »behandelt« werden. Eric hat in allerfrühester Jugend also sehr schlechte Erfahrungen mit Weißkitteln bzw. Männern gemacht, er hat – vielleicht auch nur im Unterbewusstsein – mitbekommen, wie seine Kameraden am Fell gepackt und aus den Zwingern gezogen wurden. Freiwillig in die Gaskammer traben Hunde nämlich nicht! Sie sträuben sich bis zur letzten Minute, vergeblich. Hunde, die wie Eric aus Tötungsstationen kommen, tragen diese Bilder im Unterbewusstsein mit sich, genauso wie sie den Geruch der toten Kameraden in der Nase haben.

Natürlich war mir bewusst, dass Erics Herkunft Spuren auf der kleinen Hundeseele hinterlassen haben muss. Aber da er der Tötungsstation in jüngstem Alter entfliehen konnte und seine Eingewöhnung bei uns bisher so unkompliziert vonstatten ging, ging ich davon aus, dass das seelische Trauma nicht allzu groß war. Nun werde ich eines Besseren belehrt.

Es liegt an uns, ihm Vertrauen einzuflößen. Mit gutem Zureden und vielen Streicheleinheiten gelingt das auch, unser Hundekind stellt fest, dass dieser spezielle Weißkittel es gut mit ihm meint.

Bei der Durchsicht von Erics Impfpass bestätigt mir unser Tierarzt, dass der Hund einen umfassenden Impfschutz hat, den man nicht besser hätte machen können. Wieder einmal sende ich ein Dankgebet in Richtung der Tierschützerin, die Eric und seine Geschwister gerettet und so gut versorgt hat. Der Arzt sagt auch, dass ich in der Nacht die geeigneten homöopathischen Medikamente verabreicht habe, diese soll ich weitergeben. Wir bekommen außerdem ein Mittel zur Darmsanierung mit, ein Stärkungsmittel und etwas gegen Erics Ohrenentzündung, die auch noch festgestellt wurde. Dann können wir wieder nach Hause. Eric ist so erschöpft, dass er im Auto einschläft.

Unser Heiligabend verläuft sehr ruhig, wir genießen das Bewusstsein, auch einem armen Wesen Obdach gegeben zu haben. Nun sind wir wieder zu dritt.

Dank Schonkost geht es Eric und mir am ersten Weihnachtsfeiertag schon wieder viel besser.

Eine Mogelpackung auf vier Pfoten?

In den nächsten Tagen erweist sich der zurückhaltende, in sich ruhende Hund, den wir uns aus dem großen Hunderudel ausgeguckt haben, als Mogelpackung: Mit dem In-sich-Ruhen ist's nämlich aus und vorbei, nie hätten wir gedacht, dass ein so kleiner Bursche uns derart auf Trab halten kann! Eric hat Ideen, auf die wir nie in unserem Leben gekommen wären. Er findet die Fransen an meiner Tischdecke genauso lustig wie die Zweige, die ich beleuchtet ins Fenster gehängt habe. Und dann erst die Krippe mit den hübschen Holzfiguren!

Von meiner liebevollen Weihnachtsdekoration wandert stündlich immer mehr zurück in den Keller, teilweise angeknabbert, in Einzelteile zerlegt oder halb aufgefressen.

Am Abend sind wir bei meiner Familie eingeladen. Ich warne sicherheitshalber alle vor: Bitte die Wohnung hundesicher machen! Alles auf Erics Augenhöhe wegräumen. Keine spitzen, gefährlichen oder giftigen Gegenstände herumliegen lassen. Das Ledersofa gut abdecken. Und nicht zu aufwendig kochen, wer weiß, ob wir überhaupt zum Essen kommen. Außerdem eine Küchenrolle bereitstellen – mit einem Wisch ist alles weg.

Meine Sorge erweist sich als unbegründet: Eric hat sich tagsüber bei uns zu Hause ausgetobt und ist nun hundemüde. Alle loben ihn als mustergültigen Hund. Uns halten sie für hysterisch.

6. Kapitel

Große weite Welt

Nachdem wir die ersten Tage hauptsächlich zu Hause und im Garten verbrachten, sollen nun die ersten Spaziergänge folgen. Eins nach dem andern, schön gemütlich, wir wollen unseren Findelhund schließlich nicht mit zu vielen Reizen und Eindrücken überfordern. Natürlich ist Leinenführigkeit für Eric ein Fremdwort, bis zu dem Tag, an dem wir ihn abholten, hatte er noch nie ein Halsband getragen! Dennoch lässt er sich Halsband und Leine problemlos anlegen. Draußen kommen wir ganz passabel voran, indem wir ihn den Weg und das Tempo bestimmen lassen. Korrektes »Bei-Fuß-Laufen« kommt später, jetzt geht es allein darum, dem Hund Sicherheit auch vor der Haustür zu vermitteln. Eine Schnecke, ein Stein, kleine Ästchen und tausend Gerüche – alles ist sehr interessant! Wir werden Zeuge, wie Eric zum ersten Mal sein zukünftiges Revier markiert. Dass er dabei sein Vorderbein anpinkelt, übersehen wir geflissentlich. Markieren mit gehobenem Bein wie ein erwachsener Rüde, daran wird er sich frühestens mit einem Dreivierteljahr versuchen.

Recht bald wird Eric die große weite Welt zu groß. Je weiter wir uns vom Haus entfernen, desto öfter schaut er ängstlich zurück. Insgesamt macht er draußen einen weitaus unsichereren Eindruck als im Haus selbst. Darauf hatte uns die Tierschützerin bereits vorbereitet: »Ein Tierschutzhund, der noch nie in seinem Leben ein Zuhause hatte, will sein neubezogenes Heim am liebsten gar nicht verlassen aus lauter Angst, dass es bei seiner Rückkehr nicht mehr da ist«, hatte sie uns erklärt.

Ich sehe die Ursache für Erics Unsicherheit eher in seiner mangelnden Sozialisation.

Im Leben eines Hundes beginnt ab dem 21. Tag ein besonders wichtiger Entwicklungsabschnitt: das Lernen. Ein verantwortungsvoller Züchter wird seine Welpen nun an Kinder, Besucher, andere Tiere, an Straßenverkehr, an fremde Menschen und fremde Umgebungen gewöhnen, wohl wissend, dass von der dritten bis zur siebten Lebenswoche eine der prägendsten Lernphasen des Hundes stattfindet. Welche Erfahrungen ein Welpe in diesen wenigen Wochen macht, prägt sein Wesen und Temperament fürs ganze Leben. Umso wichtiger ist es, dass Hunde in dieser Zeit angenehme, schöne Erfahrungen machen: Kinder, die ihn liebevoll streicheln, statt ihn grob am Fell zu ziehen. Ausflüge in den Garten, wo es so spannende Dinge wie Regenwürmer und Mäuselöcher zu entdecken gibt. Kurze Autofahrten, die aufregend sind, aber vom Welpen nicht als gefährlich eingestuft werden.

Wir jedoch haben unseren Eric erst im Alter von sechzehn Wochen übernommen. Somit ist viel kostbare Zeit vergangen, ohne dass unser Hundekind etwas anderes kennenlernte als Haus und Garten der Tierschützerin und das Rudel, in dem er sich zu behaupten hatte. Wir müssen uns bei Eric also auf weitere Unsicherheiten gefasst machen. Ich bin jedoch fest davon überzeugt, dass es uns gelingt, das kleine Manko an Sozialisation wettzumachen!

Beim zweiten Spaziergang treffen wir eine Nachbarin, ihre Schapendois-Hündin ist dreizehn Jahre alt und taub. Eric erschrickt sich so sehr vor dem großen fremden Hund, dass er aufgeregt bellt, was die alte Hundedame zum Glück nicht hört. Auch vor der Hundehalterin weicht unser Bub zurück, fremde Menschen sind ihm anscheinend nicht geheuer. Umso wichtiger ist es, dass er gute Erfahrungen macht, schließlich müssen wir in puncto Sozialisation einiges aufholen. Ich gebe der Hundehalterin ein Leckerli, welches sie ihm reicht, er nimmt es zögerlich und findet Hund und Frauchen danach schon nicht mehr so schlimm. Wir gehen ein Stück zusammen, Eric orientiert sich am geradlinigen Gang der alten Hündin, das wilde Hin-und-her-Springen an der Leine lässt nach.

Ein weiterer Höhepunkt dieses Spaziergangs ist die Begegnung mit einem Pferd kurze Zeit später. Ich gehe mit Eric ein Stück auf die Wiese, um ihm durch einen größeren Individualabstand mehr Sicherheit zu verleihen. Er drückt sich an mein Bein, während das Riesenungeheuer an uns vorbeischreitet. Der größte Fehler, den ich als Hundehalter in diesem Augenblick machen könnte, wäre der, beruhigend auf meinen Hund einzureden:

»Feiner Hund, gleich ist das Pferd wieder weg. Keine Angst, schön brav sein« und so weiter. Schlimmer noch wäre, den Hund auf den Arm zu nehmen. Denn damit würde ich meinem Zögling suggerieren: Pferd = gefährliche Situation. Die Folge wäre, dass Eric bei der nächsten Konfrontation mit einem Pferd sofort schutzsuchend zu mir kommt oder zu bellen anfängt oder Meideverhalten zeigt und davonrennt. Dasselbe gilt natürlich für Begegnungen mit anderen Hunden, mit Fahrrädern, Autos wie auch dem Müllfahrzeug. Als Hundehalter heißt es hier stets souverän und ruhig reagieren. Nach der Begegnung der »außerirdischen« Art laufe ich ohne weiteren Kommentar weiter, Eric folgt mir erleichtert – überstanden! Erschöpft von den vielen Eindrücken, fällt unser Hund nach der Rückkehr in einen tiefen, wenn auch kurzen Schlaf.

»Mein schöner Garten«?!

Es macht Spaß, einen Welpen an alles heranzuführen, ich merke, wie ich beginne, die Welt mit den Sinnen eines Hundes wahrzunehmen: So ein vorbeifahrendes Auto kann schrecklichen Lärm machen. Und eine Waschmaschine ebenfalls. Umso friedlicher ist es in unserem Garten, der ein wahres Hundeparadies ist. Das findet jedenfalls Eric. Er hat den Garten nämlich zum Abenteuerspielplatz erkoren. Die mit Kieselsteinen aufgeschütteten Wege – einfach klasse, so viele Steine, die man ins Maul nehmen und, wenn Frauchen einen lässt, auch schlucken kann. Dazu die vielen anderen Köstlichkeiten: die Thuja-Büsche, der halbtote Oleander und die störrischen Efeuranken – warum sollte man die nicht auch einmal kosten? Das schmiedeeiserne Tor – eine tolles Spielgerät, durch das man erst den Kopf, dann den schlanken Körper quetschen kann. Dass dabei ständig die eisernen, jugendstilartigen Blätter und Blüten im Weg sind, erhöht den Reiz dieses Spiels nur – wer nicht wagt, der nicht gewinnt!

Ich stehe fassungslos da bzw. renne hektisch hinter Eric her, um ihm Giftpflanzen und Steine aus dem Mund zu nehmen. So geht das nicht weiter, beschließe ich. Als Meisterin der pragmatischen Lösungen durchforste ich den Keller nach alten Plastikplanen. Mit denen werden nun die Kieswege abgedeckt, so dass Eric nicht mehr an die Objekte der Begierde herankommt. Der halbtote Oleander kommt endgültig in die Biotonne, um die anderen Giftpflanzen wird ein Zaun gezogen. Zu guter Letzt wird das Tor mit Hasendraht verkleidet. Ich betrachte die seltsamen Auswüchse und denke mit Wehmut an den Besuch des Chefredakteurs der Zeitschrift *Mein schöner Garten* im letzten Sommer. »Die Autorin und ihr Garten – eine Oase der Inspiration«, hieß damals das Motto. Ich will mir nicht vorstellen, welche Überschrift ein Artikel derzeit hätte.

Den letzten Tag des Jahres verbringen wir sehr ruhig. Wir nehmen Abschied vom alten Jahr und begrüßen das neue. Wehmut beschleicht uns, wir trauern um unsere Prinzessin. Hinzu kommt eine geradezu bleierne Müdigkeit, die mich lähmt und von allzu großer Neujahrsfreude abhält. Nie hätte ich gedacht, dass ein kleiner Hund so anstrengend sein kann! Unser traditionelles Silvester-»Open House« sagen wir mit einer eiligen Rundmail ab – Eric und tausend spontane Gäste? Nein danke.

Das Feuerwerk um Mitternacht soll sehr schön gewesen sein, wurde uns erzählt. Wir bekamen davon nichts mit, sind schon vor Mitternacht auf dem Sofa eingeschlafen. Unser kleiner Racker lag in unserer Mitte, Angst vor der Knallerei hatte er immerhin keine.

Im neuen Jahr – auf zu neuen Abenteuern!

Am Neujahrstag wachen wir erholt und frohen Mutes auf. Das Wetter ist herrlich: Es hat Minusgrade, die Sonne macht aus der zu Eis erstarrten Landschaft ein glitzerndes Wintermärchen. Herzlich willkommen, liebes neues Jahr!

»Lass uns mit einer Thermoskanne mit heißem Tee, lauwarmen Brezeln und Eric hinaus zu unserem Wochenendgrundstück fahren!«, schlage ich meinem Mann vor.

»Wir sehen nach dem Rechten, genießen die Sonne und die frische Luft, und während wir Tee trinken, kann Eric ein bisschen herumtoben.«

Im Geist sehe ich mich schon auf einer Liege, dick eingepackt in eine Wolldecke, die Sonne genießen. Wie in einem schicken Ski-Resort. Winter-Wellness pur.

In dem parkähnlich angelegten und sicher eingezäunten Gelände haben wir schon viele schöne Tage verbracht, vor allem im Sommer bietet es wirklich für jeden Geschmack etwas: lauschige Ecken für den, der Ruhe sucht. Das Wochenendhaus mit Grillplatz und Räucherofen, eine große Sonnenterrasse, dazu verschlungene Wege, Rosenlauben und Sitzbänke, die allesamt so aufgestellt wurden, dass sie eine grandiose Aussicht auf die Schwäbische Alb und zwei mittelalterliche Burgen bieten. Jetzt in der kalten Jahreszeit hebt sich die Alblandschaft eisblau vom blassen Winterhimmel ab und wirkt zart und zerbrechlich. Unser Eric hat jedoch keinen Sinn für schöne Ausblicke, vielmehr erhebt er unser Refugium sogleich zu einem weiteren Abenteuerspielplatz mit tausendundeiner Spielidee.

Er verheddert sich im Lianendickicht hinter dem Gerätehaus, wo er nichts verloren hat. Wir eigentlich auch nicht, weshalb wir uns mit größter Mühe dahinterzwängen, um unseren Hund irgendwie freizubekommen. Während ich mir noch die an der Brombeerhecke zerkratzten Hände reibe, stöbert Eric schon hinter den riesigen Wassertonnen herum. Immer wieder müssen mein Mann und ich ihn aus einer prekären Lage retten, von der wir zuvor nicht glaubten, dass sie je eintreten würde. Eric bleibt davon unbeeindruckt, unternehmungslustig und völlig angstfrei tapst er voran. Einerseits bin ich begeistert von so viel Mut, andererseits erschreckt mich so viel Eigeninitiative bei einem so kleinen Hund. Rein theoretisch weiß ich natürlich, dass ab dem vierten Monat die Phase im Leben eines Hundes beginnt, welche von Verhaltensforschern gern als »Flucht-Instinkt-Phase« bezeichnet wird. Einfacher gesagt: Der Hund beginnt, sich allmählich von seinem Rudelchef abzunabeln und eigene Wege zu gehen. Aber es gibt nun einmal solche eigenen Wege und solche ... Als Eric aufs Dach unseres am Hang gelegenen Wochenendhäuschens springt, während wir auf der darunterliegenden Terrasse sein Spielzeug einsammeln, bleibt mir fast das Herz stehen. In Rekordzeit sprinte ich den Hang hoch, klettere mit wackligen Beinen aufs Dach und rufe meinen Hund mit zittriger Stimme zu mir. Schwanzwedelnd kommt er mir auf der Schräge entgegengetanzt. Als ich ihn im Arm habe, reicht's mir für den Tag. Eigentlich hatte ich mir Erholung und ein bisschen Tapetenwechsel von diesem Ausflug erhofft, doch vor lauter Eric-Rettungsaktionen kam ich nicht einmal dazu, die Thermoskanne zu öffnen und uns eine Tasse Tee einzuschenken. Nun sehne ich mich nur noch nach meinem Sofa. Abnabelungsphase? Kannste erst mal knicken, mein lieber Hund!

Nach nur zwei Wochen: Eric verteidigt sein Reich

Ich bin schockiert: Unser »in sich ruhendes Hundchen, der kleinste und schwächste vom ganzen Wurf«, erweist sich als lautstarker Kläffer. Wehe, es läuft jemand am Zaun vorbei! Und wehe, irgendwo in weiter Ferne ist ein Hund zu hören! Nix da, von denen kommt Eric keiner ins Haus! Vorher werden die mit heftigem Bellen verscheucht.

Wenn ich etwas nicht leiden kann, dann sind es kläffende Hunde. Auch Erics Gekläffe nervt mich total, dennoch versuche ich, ruhig zu bleiben. Ist es nicht ganz normal, dass ein Hund, der zum ersten Mal in seinem Leben ein eigenes Zuhause hat, dieses lautstark verteidigt? Ich hoffe, es handelt sich nur um eine vorübergehende Phase. Trotzdem schimpfe ich ihn bei jedem Bellen aus, was Eric allerdings ignoriert.

Weitere Schritte in Richtung Selbständigkeit finden nun statt: Nachts schläft Eric nicht mehr eng in meine Arme geschmiegt, sondern an den Beinen, teilweise auch schon ohne jeglichen Körperkontakt. Sein Körbchen mit der Kuscheldecke und dem flauschigen Kissen sucht er jedoch weiterhin nur auf, um Decke und Kissen ordentlich durchzuschütteln; dass man darin schlafen soll, scheint er noch nicht verstanden zu haben. Aber auch hier bin ich optimistisch, dass dies noch kommt. Schließlich genießt es jeder Hund, ein eigenes Körbchen zu besitzen, in das er sich gemütlich einkuscheln kann, wie es ihm gefällt.

Bestimmt werden viele Leser allein bei der Vorstellung, ihr Bett mit einem Hund zu teilen, voller Abscheu das Gesicht verziehen. Natürlich muss jeder Hundehalter selber wissen, ob er seinen Hund ins Bett lässt oder nicht.

Die meisten Kynologen, also Hundekenner, behaupten, dass der erhabene Schlafplatz immer dem Rudelführer vorbehalten sein sollte und sich die rangniedrigeren Rudelmitglieder anderswohin verziehen müssen. Ich jedoch habe das Gefühl, dass das gemeinsame Schlaflager die Bindung zwischen Mensch und Hund stärkt und dem Hund ein Urvertrauen in seine Menschen vermittelt. Auch unsere Prinzessin durfte zu uns ins Bett, morgens, für ein paar Minuten vor dem Aufstehen, für eine gemeinsame Kuschelrunde. Unseren Alf haben wir jedoch nie ins Bett gelassen, denn er war ein sogenanntes Alphatier. Und als solches hätte er bei diesem Privileg schnell auf den Gedanken kommen können, an der Rangordnung rütteln zu können. Unser Eric ist jedoch alles andere als ein Alphahund. Oder?

7. Kapitel

Hauptberuf: Schriftstellerin Nebenjob: Animateur für Hunde

Eigentlich müsste ich an meinem Manuskript sitzen und gedanklich durch die Ballsäle St. Petersburgs tanzen, stattdessen … erfinde ich Spiele für Eric!

Seit über fünfundzwanzig Jahren leben Hunde in unserem Haus, in dieser Zeit sind uns natürlich außer unseren eigenen noch viele andere Hunde begegnet. Aber noch nie habe ich einen Hund kennengelernt, der so viele Interessen hat und dabei noch so schlau ist wie unser Eric. Sein größtes Hobby ist das Erlegen von Socken. Vor allem von selbstgestrickten Socken, die ich in meinen Laufschuhen trage und die mir liebe Menschen schenken, weil ich selbst keine Socken stricken kann. Ich liebe selbstgestrickte Socken! Umso mehr schmerzt mich der Verlust jeder einzelnen. Natürlich deponiere ich meine Schätze in »sicheren« Höhen. Natürlich lasse ich Eric nicht unbeaufsichtigt in meinem Ankleidezimmer herumtoben. Aber wehe, ich vergesse, die Tür zum Ankleidezimmer zu schließen! Erics Gedächtnis ist extrem ausgeprägt, er weiß genau, unter welchen Stapel auf der Kommode ich die Socken versteckt habe. Selbst die Sockenschublade bekommt er auf, inzwischen habe ich sie mit Klebeverband verschlossen. Dennoch schmilzt mein Sockenvorrat dahin, und auf die Frage, was ich mir zu meinem nahenden Geburtstag wünsche, habe ich endlich eine Antwort.

Hohes Erinnerungsvermögen (wo hat Frauchen die Socken versteckt?), logisches Denken sowie Ausdauer bei der Ausführung einer Aufgabe (wie kriege ich die verflixte Schublade auf?!) – mir wird immer klarer, dass ich einen Hund mit rascher Auffassungsgabe und von hoher Intelligenz habe. Das behauptet jeder von seinem Hund? Mag schon sein, aber bei uns stimmt's! Oder kennen Sie noch einen Wau, der den »Joghurtbechertrick« beherrscht? Der geht so:

Wann immer ich einen Joghurt esse, halte ich unserem Hund anschließend den Becher zum Auslecken hin. Joghurt ist gesund für Hunde, liefert hochwertiges Eiweiß, Kalzium und sorgt für eine gesunde Darmflora. Und den Hunden macht es Spaß, mit der Zunge in den Becher abzutauchen und ihn auszulecken. Je nach Hund und Zunge bleibt aber meist ein kleiner Rest am Becherboden kleben. Nicht so bei Eric: Er öffnet sein Maul und nimmt den Becherrand ins selbige, wodurch er problemlos mit der Zunge bis an die tiefste Stelle gelangt. Ich bin sprachlos, einen solchen Erfindergeist habe ich bei einem Hund noch nie erlebt!

Bei Kindern würde man bei einer solchen Prognose sofort einen Luftsprung machen. Ein Wunderkind! Ein Überflieger! Das Gymnasium steht jetzt schon fest. Danach Studium mit Numerus clausus. Auslandsaufenthalte mit anschließendem Posten in der Chefetage.

In der Chefetage?! Hallo? Dort steht immer noch mein Schreibtisch!

Für mich als Hundehalter bedeutet Erics hohe Intelligenz, selbst auch hellwach zu sein. Und es bedeutet außerdem, dass ich mir ständig neue Spiele und Beschäftigungen ausdenken muss. Mache ich das nicht, werde ich als Rudelchefin schnell langweilig. Und prompt fängt das unterbeschäftigte Hundekind an, sich selbst neue, »lustige« Spielideen auszudenken.

Nur: Was spielt man Sinnvolles mit einem Welpen, der noch nicht einmal die Grundkommandos wie »Sitz« und »Platz« beherrscht? Kein Problem, denke ich mir, schließlich bin ich die Mutter aller Spielebücher!

Ich gehe in mein Büro und krame ein Buch hervor, welches ich zusammen mit meiner Coautorin Carola Kusch vor mehr als dreizehn Jahren geschrieben habe: *Der große Spiele-Spaß für Hunde*. Erschienen 1997 in einem renommierten Stuttgarter Fachverlag, war es einst das erste Buch zum Themenbereich »Spielen mit Hunden«. Ich kann mich noch gut daran erinnern, wie viel Anstrengung es mich kostete, den Verlag von diesem Thema zu überzeugen. Bücher zum Thema Hundeerziehung – geschenkt. Die kannte man damals schon. Ebenso wie Bücher zu den einzelnen Rassen oder zum Thema Hundegesundheit. Aber ein Buch übers Spielen?! Ich wurde angeschaut, als erklärte ich gerade, mit einer zweiten Laika auf den Mond fliegen zu wollen. Da mir das Thema aber sehr am Herzen lag, legte ich mich mit meinen Überzeugungskünsten so richtig ins Zeug. Über das Spiel wird die Bindung zwischen Hund und Mensch enorm gestärkt, erklärte ich der versammelten Verlagsmannschaft. Bevor mir jemand ins Wort fallen konnte, trug ich meine Argumente vor: Intelligente Spiele ermöglichen es dem Menschen, seinen Hund gut und sinnvoll zu beschäftigen. Ein paar Minuten Kopfarbeit ersetzen schon einmal eine Stunde Spaziergang. Bei schlechtem Wetter sind Spiele für drinnen eine tolle Ergänzung. Es macht Spaß, mit dem Hund zu spielen. Und ein beschäftigter, ausgelasteter Hund ist ein zufriedener Hund.

Wenn mir ein Thema wichtig ist, kann ich mich darin verbeißen wie ein Terrier ins Wadenbein. Irgendwann hatte ich die Verlagsredaktion überzeugt, kurze Zeit später legten wir unser vollständiges Konzept mit 60 Spielen für drinnen und draußen vor. Natürlich haben wir zuvor alle Spiele an unseren eigenen Hunden sowie den Vierbeinern unserer Freunde getestet. Unser Alfi – für den ich die ersten Spiele und Beschäftigungsideen einst erdacht hatte – war ebenso mit Feuereifer dabei wie Carolas Laika und die Freundeshunde.

Was keiner erwartet hatte (außer vielleicht mir), traf ein: Das Buch wurde ein Bestseller, es ist bis zum heutigen Tag erhältlich, es wurde in vielen Sprachen ins Ausland verkauft. Und es hat eine ganze Flut an Spielebüchern ausgelöst. Heutzutage gibt es sogar Bücher, die sich nur auf eine Spieleart spezialisiert haben: Dog-Tricks, Suchspiele etc. Das, was meine Coautorin und ich im Kleinen begonnen haben, hat dank der Phantasie und des Fachwissens vieler toller Hundeleute großartige Früchte getragen. Inzwischen hat es sich landläufig herumgesprochen, dass Hunde nicht allein durch stupides Spazierengehen ausgelastet werden, sondern dass Kopfarbeit unbedingt ins Beschäftigungsprogramm mit dazugehört.

Darüber hinaus habe ich mit meinem Erstlingswerk sogar einen ganz neuen Industriezweig geschaffen – den für Hundespielzeug nämlich.

Meine Coautorin und ich benutzten einst ganz banale Haushaltsgegenstände für unsere Spiele: Aus einer Papiertüte wurde – gefüllt mit Leckerlis und Spielzeug – eine »Wundertüte« für den Hund. Ein Stück Hartholz versah ich mit der Bohrmaschine mit Löchern, in die ich Käse stopfte, den der Hund dann mühevoll herauslecken konnte. So war er stundenlang beschäftigt. Aus drei ausrangierten Nudelsieben entwickelten wir das »Hütchen-Spiel für Hunde« – das Original lief damals, in der Anfangszeit des Privatfernsehens, auf SAT.1 im Vorabendprogramm. Arglose Passanten wurden dabei von einem flinken Italiener herausgefordert zu erraten, unter welchem der ständig hin und her wechselnden Hütchen er das Fünfmarkstück versteckt hatte. Fast nie hatten die Passanten Erfolg. Unsere Hunde hingegen fanden das unter dem Nudelsieb versteckte Leckerli jedes Mal! Die Nudelsiebe wurden mir irgendwann zu sperrig, also verwendete ich Kinderbecher aus Plastik dafür.

Wir setzten unsere Phantasie ein, um aus kostenlosem Material sicheres und sinnvolles Hundespielzeug herzustellen. Heutzutage gibt es Intelligenzspiele, Futterbälle und andere Gegenstände, in die man Leckerlis stopfen kann, in Massen fertig zu kaufen, und immer wenn ich in einem Tierfachgeschäft solche Spiele sehe, erinnere ich mich an die Anfänge und lache leise in mich hinein …

Also – es wäre doch gelacht, wenn es mir, der »Spiele-Königin« für Hunde, nicht gelänge, Klein-Eric ebenfalls sinnvoll zu beschäftigen!

Ich blättere mein Buch durch und stoße auf Spiele mit wohlklingenden Namen wie »Das Zimmer-Service-Spiel«. Oder »Das Wie-spricht-der-Hund-Spiel«. Beim ersten geht es darum, dem Hund beizubringen, Schubladen oder Türen zu öffnen. Kann er schon. Muss ich nicht zwingend perfektionieren. Beim zweiten Spiel lernt der Hund, auf Kommando zu bellen. Oje. Ich blättere eilig die Seiten um und stoße auf »Der Mutsprung«. Nein danke.

Das eine oder andere Spiel könnte mir für Eric gut gefallen, aber die meisten Spielideen sind erst umsetzbar, wenn der Hund zumindest ein paar Grundkommandos beherrscht. Denn wie soll ich Eric verständlich machen, dass er einen versteckten Gegenstand suchen, den Ball wiederbringen, das Leckerli mit dem Maul auffangen soll, wenn er die dazugehörenden Kommandos noch nicht kennt?

Natürlich kann ich einen Ball werfen, und Eric rennt ihm unwillkürlich hinterher. Was aber noch lange nicht heißt, dass er ihn mir auch wiederbringt.

Mir ist es unverständlich, dass es immer noch Hundehalter gibt, die glauben, lediglich mit »Sitz« und »Platz« auskommen zu können. »Hundeplatz-Drill brauche ich nicht, mein Hund folgt mir auch ohne Kadavergehorsam«, habe ich im Laufe der Jahre immer wieder von Hundehaltern gehört.

Kadavergehorsam? Wenn ich versuche, auf hündisch verständliche Art mit meinem Hund zu kommunizieren?!

Ich lege das Spielebuch zur Seite.

Die Erziehung beginnt

Schon im Welpenkurs lernen Hunde erste Kommandos wie »Sitz« und »Platz« sowie kurze Warteübungen. Die Konzentration auf den Hundehalter, die abverlangte Geduld, die vielen Außeneindrücke und die Spielrunden – all das macht einen kleinen Hund rechtschaffen müde. Das Ergebnis ist ein ausgeglichener Hund, der zu Hause freiwillig sein Schlaflager aufsucht, um zu ruhen. Also beschließe ich, mit den ersten Gehorsamsübungen zu beginnen.

Leider hat Eric nie einen Welpenkurs besuchen dürfen, bei der Vielzahl von zu betreuenden und vermittelnden Hunden war für die Tierschützerin ein Besuch in der Hundeschule einfach unmöglich. Nun, mit vier Monaten, ist er dafür schon zu alt. Wir werden im Frühjahr, wenn der Schnee endlich weggetaut ist und in den Hundesportvereinen der Kursbetrieb wieder aufgenommen wird, einen »Junghundekurs« besuchen, doch bis dahin heißt es die Zeit nutzen:

Also fange ich an, jedes Mal wenn Eric sich freiwillig hinsetzt, ein »Sitz« zu sagen. Nach nur wenigen Malen hat Eric die Sitzbewegung mit meinem Signalwort verknüpft, nun können wir das »Sitz« auch aktiv üben. Genauso verfahre ich mit »Platz«. Sobald der Hund sich hinlegt, weil er müde ist, sage ich »Platz«. Beim Treppenlaufen sorge ich fortan dafür, dass der Hund hinter mir geht. Diese Übung stärkt zum einen meine Position als Rudelführer, der immer und überall vorangeht. Zum anderen ist sie als Schutz für den Hund gedacht, der dadurch vor lauter Eifer nicht die Treppe hinabfallen kann. Wenn ich eine Tür öffne, muss Klein-Eric sich ebenfalls hinter mir einreihen. Meine Hosen- oder Jackentaschen sind nun immer gefüllt mit kleinen Leckerlis: winzige Wurst- oder Käsestückchen, die Eric als Belohnung für eine erfüllte Aufgabe bekommt. So macht Üben Spaß!

Noch etwas führe ich ein: Bevor Eric seine Futterschüssel bekommt, erwarte ich ein kurzes »Sitz«. Erst wenn das kleine Hinterteil den Boden berührt hat, stelle ich die Schüssel vor ihm ab.

Ein solches Futterritual habe ich bisher bei jedem unserer Hunde durchgeführt. Futter einfach so? Gibt's bei uns nicht, eine kleine Gehorsamsübung erwarte ich dafür schon. Das mag sich für Nicht-Hundehalter-Ohren vielleicht brutal anhören, aber in den Augen meines Hundes festigt dies meinen Status als ranghöchstes Rudelmitglied. Und genau darum geht es mir. Natürlich dauern die Übungseinheiten immer nur ein, zwei Minuten, ich möchte unseren jungen Hund schließlich nicht überfordern. Zu meiner Freude macht Eric willig mit, ihm scheinen die kleinen Übungen mit anschließender Belohnung richtig Spaß zu machen.

Outdoor? Hardcore!

Es ist der kälteste Winter seit Jahren. Seit Wochen liegt Schnee, die Nächte sind eiskalt, das Thermometer sinkt auf minus 15 bis minus 20 Grad ab. Nacht für Nacht wanke ich schlaftrunken ein- bis zweimal mit Eric in den Garten, wo er nach ausgiebigem Schnuppern Pipi macht. Ich wanke danach todmüde zurück ins Bett, wo es gefühlte Stunden dauert, bis meine Füße wieder warm werden und ich einschlafen kann.

Bei den Spaziergängen frieren mir fast die Finger ab, das Gesicht ist vom eisigen Ostwind wie gelähmt, ich habe Angst um meinen gutgepflegten, bisher einigermaßen faltenfreien Teint, schmiere mir dick Fettcreme auf die Haut. Als zwei Pullover übereinander nicht mehr reichen, fahre ich in die Stadt und kaufe die halbe Sportabteilung unseres Kaufhauses leer: drei Fleece-Pullover, eine Fleece-Weste, dazu eine passende Fleece-Hose und eine Mütze, ebenfalls aus Fleece. Das Zeugs ist nicht gerade figurschmeichelnd, aber was soll's? So ausgerüstet sind die Spaziergänge fortan erträglicher. Zumindest für mich. Eric jedoch bibbert immer noch, und ich kann zum ersten Mal in meinem Leben verstehen, dass Leute ihrem Hund ein Jäckchen anziehen. Nur – wo soll ich ein solches auf die Schnelle herbekommen? Und soll ich dabei zusehen, wie er innerhalb von wenigen Wochen daraus herauswächst?

Feste feiern, bis wir umfallen

Einkäufe erledigen, den Haushalt führen, am Buch schreiben, Besuche bei Freunden und Gäste empfangen – bald hat uns das neue Jahr fest im Griff. Doch alles ist so viel anstrengender als früher. Fleißig hilft Eric beim Auspacken des Einkaufskorbes. Emsig trägt er Socken, Unterhosen und mehr durch die Wohnung. Mit dem Staubwedel führt er wilde Rollenspiele auf, ich kann nur vermuten, dass es sich dabei um einen Piratenangriff oder Ähnliches handelt, jedenfalls stürzt sich Eric mit wildem Gebrummel und vollstem Körpereinsatz auf den wuscheligen Feind. Zum Staubwedeln ist der danach nicht mehr zu gebrauchen. Alltägliche Verrichtungen benötigen nun das Doppelte an Zeit. Meinem straffen, bestens durchorganisierten Zeitplan hinke ich nun ständig hinterher. Mit einem Welpen laufen die Uhren nun einmal anders, sage ich mir, fühle ich dadurch jedoch alles andere als beruhigt.

Am 4. Januar sind wir bei einer Freundin eingeladen. Eine kleine Runde, ganz zwanglos, hat sie mir versichert. Eric sei herzlich eingeladen.

Mein Mann und ich, beide todmüde von den nächtlichen Gartengängen, schauen uns verzweifelt aus kleinen Augen an.

»Wir bleiben nicht lange«, sage ich, und mein Mann nickt. Spätestens abends um zehn ruft unser Bett.

Ausgerechnet an diesem Abend beschließt Eric, von seiner Routine, nach dem Fressen sein Geschäftchen zu verrichten, Abstand zu nehmen. Wir versuchen es mit guten Worten – vergeblich. Hoffentlich hören uns die Nachbarn nicht, denke ich zum wiederholten Mal. »Mach schön Kacki!« ist zwar ein sehr hilfreiches Kommando, aber auch nicht gerade stadtfein.

Vielleicht hilft die kurze Autofahrt der trägen hündischen Verdauung auf die Sprünge, beschließen wir und fahren los.

Am Haus unserer Gastgeber angekommen, gehen wir

nicht etwa gleich hinein, wie es andere Gäste bei minus 15 Grad tun würden. Nein, wir gehen nochmals spazieren und geben dabei erneut aufmunternde Laute von uns – vergeblich. Eric findet die neuen Gerüche in dem ihm fremden Gebiet allerdings viel spannender. Und nun? Im Geist sehe ich das edle Kirschbaumparkett sowie die weißen Teppiche unserer Gastgeberin vor mir. Uns bleibt nichts anderes übrig, als es darauf ankommen zu lassen.

Es ist wie bei frischgebackenen Eltern: Kaum sind wir da, ersterben alle Gespräche, jeder hat nur noch Augen für Eric. Alle wollen ihn streicheln, was er doof findet. Von uns will man alles Mögliche wissen: Wie lange wir Eric schon haben. Woher wir ihn haben. Ob er einer bestimmten Rasse angehört. Ich nicke heftig und meine, er gehöre zur Rasse »Dugado«. Niemand fragt nach, und so komme ich nicht dazu, meinen Kalauer weiter auszuführen: »Durchs ganze Dorf.« Ob das Interesse echt ist, kann ich nicht beurteilen. Manchmal kommt es mir so vor, als reagierten die Leute nur so, weil sie glauben, dies würde von ihnen erwartet. Macht euch locker!, möchte ich am liebsten rufen. Wir gehören nicht zu den Hundehaltern, die kein anderes Thema mehr haben als Hundis Heldentaten, ganz im Gegenteil, wir wären froh, nach Pipi und Kacki auch einmal wieder über etwas Weltpolitisches oder gesellschaftlich Relevantes zu sprechen.

Also versuche ich krampfhaft, das Gespräch auf andere Themen zu lenken, vergeblich – immer wieder kommen wir auf Eric zurück. Kein Wunder, denn wenn er nicht gerade die Küche untersucht, will er prompt an den elegant platzierten Kunstgegenständen herumnagen.

»Pfui!«, »Lass das!« und »Aus!«.

Das Verständnis unserer Tischnachbarn für unseren

Familienzuwachs sinkt mit jedem weiteren Ausruf unsererseits. Blicke werden getauscht, Augenbrauen indigniert nach oben gezogen. Ich bin zu müde, um Wut und Ärger zu empfinden.

So viel Aufregung regt schließlich Erics Verdauung doch noch an, er macht sein Häufchen auf den Wohnzimmerteppich, ausgerechnet auf eines der weißen Karos im Schachbrettmuster. Ich könnte im Erdboden versinken.

Er hebt das Bein, er hebt das Bein!

Am 6. Januar ist es so weit: Beim Morgenspaziergang hebt Eric zum ersten Mal das Bein! Mein Mann und ich stupsen uns an und grinsen. Nun hat unser Hundekind also damit begonnen, sein Revier zu markieren.

Leider haben wir immer noch täglich zwischen minus 10 und minus 18 Grad, es ist so eiskalt wie seit Jahren nicht mehr. Zeitungen, Nachrichtensendungen, Mails der Freunde, Gespräche an der Supermarktkasse – inzwischen dreht sich alles nur noch um den Jahrhundertwinter. Unsere Heizung läuft auf Hochtouren, dennoch haben wir Mühe, das Haus warm zu halten. Damit Eric es schön kuschelig hat, opfere ich mein Lieblingslammfell und lege es in sein Körbchen.

Spaziergänge werden zur Qual. Eigentlich hatte ich vor, unsere ersten kleinen Gehorsamsübungen baldmöglichst auch draußen zu üben. Und erste Abrufübungen an der Schleppleine wollte ich machen, aber bei dem Eisesklima vergeht mir die Lust auf alles. Auch Eric will immer nur auf dem schnellsten Weg nach Hause.

Ausgerechnet dieser Winter muss so klirrend kalt sein.

Somit sind wir die meiste Zeit »ins Haus verbannt«, und das bedeutet: Ich erfinde von früh bis spät Hundespiele, werfe Bällchen und versuche, Eric von den schlimmsten Zerstörungsanfällen abzuhalten. Ach ja, da gibt's ja auch noch das Buchmanuskript, auf das ich mich eigentlich konzentrieren sollte. Inzwischen rufen auch schon viele Veranstalter an, wollen wissen, wie gut ich vorankomme und ob ich im kommenden Herbst Zeit für eine Lesung habe. »Oh, bestens, das Buch wird ein absoluter Traum«, flöte ich jedem ins Ohr, der es hören will, während ich mit der noch freien Hand versuche, Eric das Gummi-Moorhuhn zu entwenden, da ich befürchte, dass schrilles Quietschen im Hintergrund nicht gerade seriös rüberkommt.

Genauso wenig seriös ist jedoch schrilles Hundegekläffe.

Es ist wirklich unfassbar. Wann immer ich zum Hörer greife, beginnt Eric zu bellen. Seine Botschaft ist nicht nur laut. Sie ist außerdem deutlich:

»Spiel mit mir! Telefonieren ist laaangweilig!«

Ich verziehe mich regelmäßig ins Schlafzimmer, einer der wenigen Räume in unserem Haus, bei dem ich die Tür hinter mir zuziehen kann. Während ich mit meinem Terminkalender auf dem Bett sitze, kann ich mich tatsächlich wie ein fast normaler Mensch am Telefon unterhalten. Gott sei Dank hat sich das Bildtelefon noch nicht durchgesetzt.

Ich bin ein bisschen geknickt. Der Alltag mit einem jungen Hund ist doch viel anstrengender, als ich dachte. Liegt das nun an uns? Machen wir etwas falsch? Falls ja, was?! Oder machen wir gar alles falsch? Sind alle Welpen so anstrengend? Oder ist unser Eric einfach ein ziemlich wilder Bursche? Sind wir womöglich zu alt, um richtig gute Hundeeltern zu sein? Tausendundeine Frage treibt mich um, Antworten habe ich derzeit keine. Und auch niemanden, den ich zu Rate ziehen könnte. Die Hunde unserer Freunde sind im Laufe der Jahre alt geworden, wir sind derzeit die Einzigen, die einen jungen Hund zu Hause haben. Es fällt mir schwer, es zuzugeben, aber ein Stück weit fühle ich mich tatsächlich mit dem jungen Hund überfordert.

Ich und überfordert? Ein schrecklicher Gedanke.

Wir waren doch so umsichtig beim Aussuchen unseres neuen Weggefährten! Wir ließen die wilde Indira links liegen und auch den Florian, der verdächtig nach Jagdhund und somit nach Jagdtrieb ausschaute. Unser Eric erschien uns als ein stiller Zeitgenosse, der in sich ruht und mit den Widrigkeiten des Lebens zurechtkommt. Ein Hund, der quasi nebenbei mitläuft. Ein unauffälliger Zeitgenosse sozusagen.

Und was haben wir nun? Einen unternehmungslustigen Hund, der schneller ist und schneller denkt als wir alle zusammen. Was das über unsere Schnelligkeit und Intelligenz aussagt, darüber mag ich gar nicht weiter nachdenken.

Ich möchte mir gar nicht vorstellen, welche Machtkämpfe mit Eric später auf uns zukommen können. In der Pubertät beispielsweise, wenn jedes Kommando entweder ignoriert oder erst nach langem Trödeln umgesetzt wird. In der Regel hört diese Renitenz mit Ende der Pubertät auf. Was, wenn Eric die berühmte Ausnahme ist?

So wie einst unser Alf, der zeit seines Lebens das Talent hatte, uns vor große Herausforderungen zu stellen.

Plötzlich schweifen meine Gedanken weit zurück. Was haben wir damals, vor fünfzehn Jahren, alles mit unserem Hund durchgemacht …

Alf war ein Rottweiler-Labrador-Mischling, der mit fünfzehn Monaten zu uns kam. Seine Mutter lebte allem Anschein nach als Wachhund auf einem Schrottplatz; als sie Welpen bekam, wurden diese mehr oder weniger wahllos an Interessenten weitergegeben. Unser Alf kam in eine Familie, die ihn mit wenigen Monaten in einen Schrebergarten abschob, nachdem er ihnen zu anstrengend geworden war. Dort lebte der junge Hund nun Tag und Nacht allein, lediglich das Futter wurde ihm gebracht. Viel mehr an Zuwendung kann er nicht erfahren haben, denn als Tierschützer ihn befreiten, waren seine Pfoten blutig, seine Krallen abgewetzt von den unaufhörlichen Versuchen, sich unter dem Zaun hindurchzugraben. Alf suchte die Nähe der Menschen, er konnte nicht verstehen, warum er Tag und Nacht in Einzelhaft verweilen musste. Er wollte die Welt erleben, nicht mehr einsam sein.

Als Alfi zu uns kam, kannte er von der großen weiten Welt nichts außer diesem Gartengrundstück. Er kannte keine Wohnung, keine Leine und keinen Staubsauger. Er wusste nicht, wie man sich verhält, wenn Besucher kommen, und dass Autofahren Spaß macht. Andere Hunde hätten sich in ihrer Unsicherheit unter dem Sofa verkrochen. Der menschlichen Hand wären sie trotz Leckerli ausgewichen, hätten Annäherungsversuche unsererseits mit größter Skepsis aus sicherer Entfernung beobachtet. Unser Alfi, von Natur aus ein wahrer Alphahund, war jedoch der Ansicht: Angriff ist die beste Verteidigung! Sobald ihm etwas nicht gefiel, schnappte er zu. Nicht fest oder gar gefährlich, aber fest genug, um seinen Unmut klar zu äußern. Dazu kam der Umstand, dass Alf mitten in der Pubertät steckte. Die Hormone kamen ihm sozusagen aus den Ohren heraus, und so schnappte er sich vom Kissen über die Wolldecke alles, um aufzureiten. Auch unsere Knie wurden nicht verschont, ständig war ich damit beschäftigt, den Hund von mir abzuwehren. Und das den ganzen Tag lang. Dabei wollte ich ihn streicheln und ihm zeigen, dass wir ihn liebhatten! Mir gegenüber war er noch einigermaßen nachsichtig. Als »Frauchen« stand ich in seinen Augen in der Rangfolge wohl eindeutig unter ihm. Aber mein Mann trug mehr als eine Blessur in dieser ersten Zeit davon. Bis er Alf eines Tages auf den Boden drückte und ihn dort mit der flachen Hand festhielt. Gleichzeitig fixierte er ihn mit den Augen, so wie es ein ranghöherer Wolf mit einem aufmüpfigen Jungwolf machen würde. Die ganze Aktion lief ohne ein Wort ab, sehr ruhig. Dennoch wurde mehr kommuniziert als mit tausend »Aus!« und »Pfuis!« zusammen. Von diesem Tag an währte so etwas wie ein Waffenfrieden zwischen den beiden Machos.

Wie viele Abende saß ich verzweifelt und heulend auf dem Sofa, weil ich glaubte, diesem Hund nicht gewachsen zu sein! Natürlich suchten wir im Hundesportverein Hilfe und Unterstützung. Und fanden sie teilweise auch. Aber sogar unter den Ausbildern gab es welche, die es nicht einmal wagten, mir zur Begrüßung die Hand zu geben, aus lauter Angst, unserem Alf dabei zu nahe zu kommen.

Es hat fast zwei Jahre gedauert, bis aus uns ein eingeschworenes Team wurde. Wir haben die Begleithundeprüfung erfolgreich abgelegt und die Ausdauerprüfung ebenfalls. Wir haben ein wenig Turnierhundesport betrieben und waren viel mit Hundefreundinnen unterwegs. Von Rüden aber hielt ich immer gebührenden Abstand, denn Alfi war der größte Raufer vor dem Herrn. Gleichzeitig war er für uns der beste Hund, den wir je hatten. Er wäre für uns durchs Feuer gegangen, hätte sein Leben für uns gegeben. Aber er war kein Hund, der einfach in den Alltag zu integrieren war. Er hat alles neu definiert, was ich bis dahin über Hundehaltung wusste, er hat mich gefordert, und durch ihn habe ich viel dazugelernt.

Ich beende meine gedankliche Reise in die Vergangenheit und schaue Klein-Eric an. Nach den Anstrengungen mit Alf – hätte ich da nicht einen etwas unkomplizierteren Zeitgenossen verdient?

Mein Frust legt sich, als ich in einem Buch lese, dass jeder den Hund bekommt, den er »verdient«. Und dass wir uns selbst prüfen sollen. Die Eigenschaften an unserem Hund, die uns zu schaffen machen, wären nämlich dieselben, die wir mit uns herumtragen. Also prüfe ich meinen Mann und mich. Zugegeben, auch wir lassen uns von der großen und kleinen Welt nicht alles gefallen. Auch wir haben es gern, wenn alles nach unserem Willen läuft. An Selbstbewusstsein mangelt es uns auch nicht, Angst vor der eigenen Courage kommt bei mir immer erst, nachdem ich eine Unternehmung begonnen habe. Schnell im Denken bin ich auch …

O.k., ich habe verstanden: Was sollten mein Mann und ich mit einer Schlafmütze von Hund anfangen? Haben wir halt wieder einen wilden Lausbub, den es zu zähmen gilt. Eric passt zu uns und wir zu ihm.

Ich nehme mir vor, meinen Tagesrhythmus in der nächsten Zeit noch mehr auf den Hund abzustimmen. Am frühen Vormittag wird gespielt, dann gehen wir eine Runde spazieren. Um die Mittagszeit ist Eric dann endlich müde. Ich bin's eigentlich auch und habe nun die Wahl: Ich kann mir ein Mittagschläfchen gönnen und so zu neuen Kräften kommen. Oder ich kann Erics Schlafphase zum Schreiben nutzen. Meist läuft es auf Ersteres hinaus …

In der dritten Woche kommt mir eine Idee: Vielleicht kann ich uns allen das Leben ein wenig leichter machen?

Bachblüten für die Hundeseele

Ich erinnere mich daran, dass bei unserem Rabauken Alf Bachblüten sehr gut angeschlagen haben. Sie gaben ihm zumindest einen Teil seines inneren Gleichgewichts zurück, er war nach der Einnahme zugänglicher, nicht mehr ganz so kratzbürstig, auch schien er plötzlich die schönen Seiten des Lebens zu erkennen und das Leben nicht mehr allein als Kampf zu verstehen.

Ich hole also mein Lieblingsbuch zu diesem Thema aus dem Bücherschrank: *Mit Bachblüten unsere Haustiere heilen* von Ruth Edelmann. Nachdem ich mich in die Materie eingelesen habe, lasse ich in der Apotheke zwei Mischungen zubereiten.

Vier Tropfen Rescuemischung und zwei Tropfen Scleranthus auf je 10 ml Wasser.

Ins zweite Fläschchen kommen je zwei Tropfen Chicory und Crab Apple.

Die Versuchung ist groß, noch mehr Blüten zu nehmen, aber ich versuche es zuerst einmal so. Die Einnahme der Bachblütenmischung erfolgt wie beim Menschen: viermal täglich vier Tropfen. Morgens, mittags, nachmittags und kurz vor dem Schlafengehen.

Die Rescuemischung soll Mensch und Tier helfen, einen psychischen und körperlichen Schock zu verarbeiten. Das kann bei einem Hund, der aus einer Tötungsstation gerettet wurde, der eine Riesenimpfaktion und eine achtundzwanzigstündige Autofahrt gen Deutschland hinter sich hat, nicht schaden, oder?

Scleranthus ist eine Bachblüte, die ebenfalls auf innere Ausgeglichenheit abzielt, sie soll Tieren innere Kraft und Ruhe verleihen.

Diese Mischung möchte ich Eric die ersten zwei Tage geben, als Einstieg und Vorbereitung sozusagen, danach erst mit dem zweiten Konzentrat beginnen.

Chicory ist gedacht für Hunde, die sich gern in den Vordergrund spielen, sei es durch lautes Kläffen, wie Eric es tut, wenn ich telefoniere, oder durch anderes übertriebenes Verhalten, welches das Zusammenleben mit ihnen anstrengend macht.

Crab Apple habe ich gewählt, weil es bei allen Hautproblemen helfen soll, indem es eine grundlegende, tiefgreifende Umstimmung des gesamten Stoffwechsels bewirkt. Und unser Hund hört nicht auf, sich zu kratzen. Auch die Ohrentzündung aufgrund von Milbenbefall, die unser Tierarzt einen Tag vor Weihnachten diagnostiziert hat, ist noch nicht ausgestanden – Eric schüttelt ständig den Kopf, »klappert« mit den Ohren. Die Salbe, die ich vom Tierarzt bekommen habe, scheint nicht geholfen zu haben. Rein äußerlich ist nichts mehr zu sehen.

Juckreiz kann jedoch viele Ursachen haben. Da Eric weder Milben noch Flöhe hat, vermute ich, dass die nervöse Kratzerei eher psychische Gründe hat: fehlendes inneres Gleichgewicht, innere Unruhe, vielleicht auch eine tiefsitzende Angst – bei einem in einer Tötungsstation geborenen Hund nicht unmöglich, oder? Ob Crab Apple auch da das richtige Mittel ist?

Frohen Mutes will ich Eric die heilbringenden Tropfen ins Maul einflößen. Doch mein Hund hat keine Lust auf Bachblüten und kaspert herum. Mit List und Tücke gelingt es mir schließlich, die Pipette ins Hundemaul zu zwängen, ohne dass sie dabei zu Bruch geht. Ich warte gespannt auf eine Wirkung. Diese hatte sich bei Alfi einst sofort eingestellt, und zwar auf unglaubliche Weise: Ein, zwei Minuten nachdem ich ihm die Tropfen – welche Mischung es war, weiß ich leider nicht mehr – gegeben hatte, lief der Hund unruhig im Zimmer umher. Dann stellte er sich erst in die eine Ecke, dann in die andere, er schien völlig orientierungslos zu sein, als sehe er seine Umgebung zum ersten Mal. Dazu bellte er leise, es war vielmehr ein Japsen. Mein Mann und ich waren tief erschrocken! Was haben wir unserm Alf da bloß für ein Teufelszeug verabreicht?! Kurze Zeit später legte der Hund sich mitten im Raum nieder und machte sich ganz lang. Er seufzte ein paarmal sehr tief und entspannt, und mir kam es so vor, als fiele in diesem Augenblick eine große Last von ihm ab. Dann schlief er ein. Als er nach Stunden wieder aufwachte, war er fast wieder unser alter Alf. Ich sage bewusst fast, denn irgendwie erschien er uns geläutert, geheilt ... Ich weiß, wie verrückt das alles klingt. Aber ich habe mit eigenen Augen gesehen, wie stark unser Hund auf die Bachblüten reagierte.

Eric jedoch spielt wie immer seine wilden Spiele mit Gummi-Moorhuhn und Quietsche-Ente, dann fällt er von einem Moment zum andern in einen tiefen ruhigen Schlaf, er zuckt nicht wie sonst mit den Beinen, scheint also nicht zu träumen. Das war's auch schon.

Am nächsten Tag gebe ich ihm wieder die vorbereitete Mischung 1, erkenne aber weiterhin kaum eine Reaktion. Vielleicht ist er ein wenig müder und ruhiger als sonst.

Ich beschließe, ab jetzt Mischung 2 zu verabreichen, stelle aber auch hier beim besten Willen weder im Verhalten noch in puncto Juckreiz und Ohrentzündung irgendeine Veränderung zum Besseren fest – Bachblüten scheinen für Eric nicht das Wundermittel meiner Erinnerung zu sein.

Ich kaufe dennoch ein weiteres Fläschchen Crab-Apple-Essenz und gebe fortan täglich einen Tropfen in Erics Trinkwasser. Vielleicht hilft es ja auf lange Sicht.

Was die Ohren angeht, so ist weder eine Rötung noch besonders viel Schmutz zu sehen, doch nach wie vor zeigt der Hund alle Symptome einer schmerzhaften Entzündung. Was, wenn sich diese im Innenohr abspielt? Der Tierarzt hat beim letzten Besuch eine Innenohrentzündung ausgeschlossen, ich besorge dennoch Pulsatilla D 200, dieses wird zwei Tage lang zweimal täglich verabreicht und soll bei einer Innenohrentzündung helfen.

Außerdem reinige ich das Ohr nun täglich mit einer verdünnten Calendulatinktur.

Ende der vierten Woche lässt das Ohrenklappern nach, wenn auch noch nicht der Juckreiz. Vielleicht ist es auch nur die trockene Heizungsluft, die unserem Hund zu schaffen macht?

8. Kapitel
Angst essen Courage auf

»Natürlich übernehme ich Erziehung und Ausbildung bei unserem Hund«, hatte ich gegenüber meinem Mann vor der Entscheidung für Eric getönt. »Agility, Obedience, Dogdancing oder die gute alte Begleithundeprüfung – es gibt viele schöne Beschäftigungsmöglichkeiten mit dem Hund, Eric und ich werden ordentlich zu tun haben!«

Mein Mann schaute damals schon sehr skeptisch drein, aber er ist jemand, der ans Gute im Menschen glaubt. Und so war er bereit, sich von mir eines Besseren belehren zu lassen. Genau das habe ich nun vor.

Am 17. Januar besuchen Eric und ich zum ersten Mal einen Hundesportverein, mein Mann geht als »Verstärkung« mit – Gott sei Dank! Das Übungsgelände liegt landschaftlich sehr schön und nur wenige Fahrminuten von uns entfernt. Außerdem bietet der »Verein für Hundefreunde« den ganzen Winter über Spiel- und Übungsstunden für Welpen und Junghunde an, was kaum ein anderer Verein bietet. Bei den meisten wird der Übungsbetrieb erst wieder Mitte März aufgenommen.

Zu sagen, dass ich aufgeregt bin, wäre untertrieben. Mir schlottern die Knie! Denn meinen lauten Tönen zum Trotz: Ich hasse Hundesportplätze! Mein Herz schlägt regelmäßig schneller, allerdings nicht vor Freude, sondern aus reiner Angst. Und das hat seinen Grund: Mit unserem Alfi den Hundeverein zu besuchen, hieß, immer auf der Hut zu sein, denn »Sitz« und »Platz« interessierten ihn nicht die Bohne. Eine kleine Rauferei mit einem der massigen Rottweilerkumpel dafür umso mehr. Er, der im Welpen- und Jugendalter den friedfertigen Umgang mit Artgenossen nicht gelernt hatte, war ständig auf Angriff eingestellt. Wehe, ein anderes Hund-Halter-Team kam uns zu nahe! Sofort begann Alf zu knurren. Los, komm doch, zier dich nicht, ich bin bereit!, sagte seine Haltung von der Nasen- bis zur Schwanzspitze aus. Alf war wie ein Boxer, der tänzelnd im Ring steht und seinen Herausforderer foppt. Ich wollte natürlich unter allen Umständen verhindern, dass es zu einer Rauferei zwischen Alf und einem anderen Hund kam. Also umklammerte ich tapfer die Leine und hielt zu jedem Vierbeiner einen geziemenden Abstand, meinen Rücken, der teilweise am Zerbrechen war, ignorierend. Nicht loslassen, und wenn die Hände bluten!, lautete meine Devise. Von der hatten andere Sportskameraden leider noch nie gehört, denn trotz grundsätzlicher Leinenpflicht auf dem Übungsgelände gab es immer einen besonders coolen Helden, der meinte, er würde seinen Schäferhund- oder Rottweilerrüden auch ohne Leine »bestens im Griff« haben.

Klaro! Bist ja auch ein einzigartiger Typ! Von Natur aus beglückt mit einzigartigen Führungsqualitäten. Und mit einer Wahnsinnsausstrahlung! Nur Deppen wie ich müssen Hunde an der Leine führen.

Einbildung ist auch eine Bildung – das Ende vom Lied war oft, dass irgendein angriffslustiger Rowdy im weitgreifenden Galopp auf Alf zusprang. Manches Mal konnte ich mich vor meinen Hund stellen und den anderen Hund abwehren, andere Male kam es zu der von mir befürchteten Klopperei.

Irgendwann war es so weit, dass ich innerlich schon zu zittern begann, wenn ich mich ins Auto setzte, um zum Hundesportverein zu fahren. Aber auch wir zwei brachten so manch gestandenes Mannsbild zum Zittern: Einer der Übungsleiter hatte tatsächlich solche Angst vor Alf, dass er sich nicht weiter als einen Meter an uns herantraute, auch die anderen Hundebesitzer hielten stets gehörigen Abstand zu uns.

»Der Hund kann nichts dafür, dumme Menschen haben ihn zu dem gemacht, was er ist!«, wollte ich damals jedem zurufen. Aber wie sollte ich quasi im Vorübergehen die fehlende Sozialisation unseres Hundes erklären? Bald waren wir »die Leute mit dem bösen Hund«. Ist der Ruf erst ruiniert ...

Eines muss ich jedoch zu Alfis Ehrenrettung sagen: In der Damenwelt fand er großen Anklang! Oftmals sind wir nach dem Übungskurs noch mit vier, fünf oder gar sechs Hündinnen spazieren gegangen. Alfi, der Hahn im Korb! In dieser Rolle ging er auf. Aber wehe, ein anderer Rüde kam ihm zu nahe ...

Nun steht mir also mein erster Hundesportplatz-Besuch mit Eric bevor. Ich bete mir immer wieder vor, dass Eric noch ein Hundekind ist, Welpenschutz besitzt und somit vor Kämpfen und Attacken anderer Hunde gefeit ist. Außerdem ist er vom Wesen her völlig arglos und mit dem alten Rüpel Alf nicht zu vergleichen, dennoch schlottern mir erneut die Knie.

Es ist schon seltsam: Im wahren Leben habe ich vor so gut wie gar nichts Angst! Wer in der Lauschaer Glashütte vor über dreihundert ausgebildeten, erfahrenen Glasbläsern eine Lesung übers Glasblasen hält, darf ruhigen Gewissens als »angstfreier Typ« bezeichnet werden. Wer in einer Lesesaison locker einmal 10 000 Autobahnkilometer herunterschrubbt, den schockt so schnell nichts.

Aber wehe, das Wort »Hundesportplatz« fällt!

Im Hundeverein angekommen, ertönt aus allen Ecken lautes Bellen. Ich spüre, wie meine innere Unruhe sofort steigt. Krampfhaft versuche ich, Erics Leine locker zu lassen. Auch ziehe ich Eric nicht angstvoll zurück, wenn er einen anderen Hund beschnuppern will oder ein anderer Hund ihn beschnuppert. Seit der Zeit, wo ich ihn aus dem Rudel der Tierschützerin geholt habe, waren Hundebegegnungen eher selten. Kein Wunder, bei den Eistemperaturen verkürzen die meisten Hundehalter ihre Spaziergänge auf ein Minimum, so dass ich in Wald und Flur kaum eine Menschenseele treffe. Nun, wo wir von Hunden umringt sind, würde ich ihn am liebsten auf den Arm nehmen, in Watte packen, vor jeglichem Unbill beschützen ... Allerdings würde ich Eric damit automatisch signalisieren: Hundebegegnung = Gefahr! So würde ich mir im Laufe der Zeit einen Hund heranziehen, der sich an der Leine aufführt wie ein Wilder, sobald ein Artgenosse in Sicht kommt. Außerdem könnte bei Eric die Verknüpfung entstehen: Hundeplatz = Gefahr! Ich will Eric jedoch zu einem angstfreien, gutsozialisierten Hund heranziehen. Ein Hund, der überall gern gesehen ist, der uns ins Restaurant ebenso begleiten kann wie auf Reisen. Der vielleicht sogar einmal während meiner Lesungen friedlich neben mir auf der Bühne schläft.

Mir bleibt also nichts anderes übrig, als lockerzulassen. Doch dieses »Lockerlassen« im wortwörtlichen Sinne ist für mich eine große Leistung.

Nach längerer Suche finden wir die Verantwortlichen und tragen unseren Wunsch vor, mit Eric einen Junghundekurs zu besuchen.

Die Leiterin der Welpengruppe und der Chef vom Junghundekurs schauen sich ratlos an. Eric ist mit seinen knapp sechs Monaten weder hü noch hott: Für die Welpengruppe ist er zu alt, für die Junghundegruppe, die schon relativ ernsthaft übt, aber noch zu verspielt. Außerdem fehlt ihm der Grundgehorsam, den die anderen Hunde im zehnstündigen Welpenkurs gelernt haben.

Am Ende werden wir trotzdem der Welpengruppe zugeteilt. Gott sei Dank, denke ich mir. Bei den Kleinen kann Eric nichts passieren.

Außer Eric sind noch drei weitere Hundekinder da: Romy, eine Airdaleterrierhündin von zwölf Wochen, Ike, ein dicker Rhodesian Ridgebackrüde von vierzehn Wochen, und ein kleines, zehnwöchiges Labradormädchen.

Nachdem wir Menschen uns einander vorgestellt haben, dürfen die Hunde zur ersten Spielrunde von der Leine. Sofort rennen alle Hundekinder auf mich zu, springen an mir hoch, wollen gestreichelt werden. Ob das an den Leckerlis in meiner Tasche liegt? Doch die anderen Hundebesitzer haben auch welche dabei. Eric gefällt der Andrang um mich herum ganz und gar nicht, er brummt. Gleichzeitig klemmt er seine Rute ein, ein Zeichen dafür, dass er unsicher ist und die Situation nicht einschätzen kann. Mir zeigt dies, wie dringend nötig der Besuch des Hundeplatzes ist. Obwohl Eric bei der Tierschützerin in einem großen Rudel lebte, hat er in den knapp drei Wochen bei uns den Umgang mit Hunden schon ein wenig verlernt.

Wir leinen die Hunde wieder an, und es folgen erste kleine Übungen: Slalomlaufen als Übung zum Bei-Fuß-Gehen, über Minihürden springen, Sitz und Platz. Danach darf wieder getobt werden. Eric ist nun schon lockerer im Umgang mit den anderen Zwergen. Allerdings ist er in seiner

Motorik und ganzen Körperentwicklung wesentlich weiter als die kleinen Babys. Während der dicke Ridgeback Ike seine Rempler begeistert aufnimmt, findet die kleine Romy Erics unablässige Rüpeleien nicht so toll, ängstlich rennt das Hundemädchen zu seinem Frauchen. Als die Stunde fast um ist, müssen wir den Platz verlassen, damit Romy und das kleine Labradorbaby noch einen positiven Ausklang des Spiels erfahren dürfen. Auf dem Weg zum Auto schaue ich noch ein paar Minuten beim Training der riesengroßen Junghundegruppe zu: Es sind Hunde aller Rassen und Größen dabei, und auch zwei, drei Kinder als Hundeführer. Während ein oder zwei Hunde-Halter-Teams eine Aufgabe durchführen, müssen die anderen in einem großen Kreis warten, was die Geduld einiger Hunde aufs Äußerste strapaziert: Sie bellen unaufhörlich, der Ausbilder muss laut schreien, um sich Gehör zu verschaffen. So viele Hunde – wie effektiv kann das Training sein?, frage ich mich skeptisch.

»Suchst du schon wieder nach Ausreden, um nicht zum Hundesportplatz zu müssen?«, fragt mich mein Mann streng, als ich auf dem Heimweg zu lamentieren beginne. Schon gut, schon gut, ich werde die Flinte nicht voreilig ins Korn werfen.

Leben heißt lernen

Und das täglich. Gestern brachte der Postbote die Transportbox, in der Eric sicher im Auto mitfahren soll. Sie ist mit wenigen Handgriffen aufgebaut, wir legen eine weiche Decke hinein und stellen sie ins Wohnzimmer. Ausgerechnet in diesem Augenblick klingelt es erneut an der Tür. Es ist meine Schwester. »Ihr wollt euren Hund in diese Kiste einsperren?! Tierquäler!«, ruft sie, und Eric springt aufgeregt auf ihren Schoß.

Los, gib's ihnen! Ich werde hier ständig gequält! Die schönsten Steine werden mir aus dem Maul geklaut, die Socken vom Herrchen werden mir verwehrt, und Löcher buddeln darf ich auch nicht – ein Fall für die Genfer Konventionen für Hunde, was für ein Glück, dass dies endlich jemand erkennt!

Nein, einsperren wollen wir unseren Buben nicht, erkläre ich meiner Schwester geduldig, Eric soll sich lediglich in aller Ruhe an diese Kiste gewöhnen, sie soll ein angenehmer Ort für ihn werden, den er gerne aufsucht. »Boxentraining« nennt sich das Ganze, und es ist als Vorbereitung fürs zukünftige Autofahren gedacht. Natürlich könnte ich den Hund auch einfach so in die Box setzen und losfahren, aber ich möchte, dass Eric *gerne* im Auto mitfährt. Ich kann mir nicht vorstellen, dass er die achtundzwanzigstündige Autofahrt von Budapest nach Aalen als kleinster Welpe, eingepfercht mit sieben Geschwistern und der Mama in einer engen Transportbox, als sonderlich angenehm empfunden hat. Und auch unsere Fahrt von der Tierschützerin nach Hause hat ihm nicht sonderlich gutgetan, er musste sich dabei ja sogar übergeben. Mein Fazit lautet daher: Autofahren muss für ihn erst zu einem positiven Erlebnis werden! Meine Schwester ist nach dieser Erklärung auch wieder besänftigt.

Als ich mit ein paar Fleischwurststückchen, die ich in der Box deponieren möchte, aus der Küche zurückkomme, sitzt Eric bereits drinnen. Was für eine gemütliche Höhle, scheint seine selige Miene auszudrücken. So viel zum Thema Boxentraining. Die Leckerlis gebe ich ihm trotzdem.

Wenn Eric irgendwann einmal erwachsen, sprich kniehoch, ist, soll er auf dem Beifahrersitz meines Zweisitzers mitfahren. Aber als Junghund, dessen Knochenbau noch längst nicht ausgereift ist, wäre das lebensgefährlich. Die Gefahr, dass er sich trotz Geschirr und Sicherheitsgurt bei einer Bremsung verletzt, ist einfach zu groß. Oder dass er herumhampelt und mich vom konzentrierten Fahren ablenkt. Also bleibt der Sportwagen vorerst in der Garage, und ich frage vorsichtig bei meiner Mutter an, ob sie mir vorübergehend ihr Auto überlassen kann. Meine Mama willigte ein, und ich komme mir vor wie mit achtzehn, als ich mir ihren Wagen ausleihe. Die Box ist schnell festgezurrt, Eric und ich fahren ein wenig spazieren, was bei den noch immer anhaltenden Minustemperaturen jedoch kein Vergnügen ist. Eric sitzt zitternd und fiepend in seiner neuen Höhlenbox, und ich weiß nicht, ob das Zittern seiner Angst oder der Kälte geschuldet ist.

In den nächsten Tagen fahren wir zu Freundinnen, die schon mit Würstchen und Leckerlis auf Eric warten – Autofahren verknüpfen mit positiven Erlebnissen, lautet das Stichwort. Auch geht's zum ersten Mal in die Stadt. Eric und ich statten unserem Reisebüro einen Besuch ab; als ich nach einem Katalog für »Urlaub mit Hund« frage, schauen mich die zwei Damen ratlos an. Ist das nicht ein Widerspruch in sich? Ich beschließe, im Internet nach hündischen Urlaubsadressen zu suchen.

Der Bummel durch die Fußgängerzone ist für unser Hundekind sehr spannend, er zieht ein wenig an der Leine, verhält sich aber alles in allem sehr gut. Wir begegnen mehreren Hunden und gehen souverän und ohne zu bellen an ihnen vorbei. Auch Kinderwagen und kreischende Kinder werden ignoriert. Ich bin begeistert! Als Nächstes marschieren wir in den Schuhladen, ich muss nämlich dringend ein Paar Hausschuhe ersetzen, die gar keine Schuhe waren, sondern wilde Beutetiere, die gestellt und in tausend kleine Fetzen zerlegt werden mussten.

Zur Feier des Tages statte ich dem elterlichen Geschäft einen Besuch ab. Eric bekommt einen Kauknochen und soll sich damit beschäftigen. Aber er springt lieber ins Schaufenster und beobachtet das Treiben in der Fußgängerzone. Ich grinse. Manche Dinge ändern sich nie! Das Schaufenster war einst auch der Lieblingsplatz von Alfi und Dekita – vor allem unsere Dobermannhündin saß stundenlang wie eine ägyptische Statue darin. Oftmals kamen Passanten daraufhin ins Geschäft.

»Ist der Hund nun echt oder nicht?«, fragten sie, aber da sprang Dekita schon freudestrahlend auf sie zu. Sie war eine liebenswerte Prinzessin ...

Hochzufrieden mit unserem Städtchentrip, fahre ich mit einem müden Hund nach Hause. Und wieder einmal stelle ich fest, dass das Leben mit Hund ein tausendmal schöneres ist als ohne.

Am Samstag besuchen Eric und ich zum zweiten Mal das Übungsgelände des Hundevereins. Zu meinem Unmut wird uns sogleich mitgeteilt, dass es mit Spiel und Spaß im Welpenkurs für Eric nun vorbei ist. Er soll zusammen mit ungefähr zwanzig weiteren Junghunden ernsthaft im Junghundekurs trainieren.

Wie beim ersten Mal ist auch heute der Lärm ohrenbetäubend, ich frage mich, wie die Hunde die Kommandos ihrer Herrchen überhaupt verstehen. Die »BH«, sprich die Begleithundeprüfung, scheint das Maß aller Dinge zu sein. Jedenfalls wird außer Sitz, Platz, Abrufen und Fußgehen und Kehrtwendungen nicht viel mehr geübt. Klar weiß ich, dass die Grundkenntnisse das A und O sind und dass man vor dem großen Aufsatzschreiben erst einmal das Abc intus haben muss. Aber könnte man die Übungen nicht irgendwie auf spaßigere Weise vermitteln? So, dass sie den Hunden wie ein Spiel erscheinen? Angesichts des Übereifers, den einige Hundeführer hier an den Tag legen, behalte ich solche Gedanken schön für mich. Mit verbissener Miene wird hier an der Leine gezerrt; statt den Hund positiv zu motivieren, bekommt er ruppige Kommandos. Würde ich Eric ein einziges Mal so anfahren, wäre ich bei meinem Seelchen für die nächsten zwei Wochen garantiert unten durch. Außerdem – warum soll ich meinen Hund anschreien? Warum soll ich mich wie ein Depp aufspielen? Mir kommt es so vor, als wollten manche Hundehalter durch besondere Härte oder Konsequenz brillieren. Nun ja, wer's nötig hat.

Meine Selbstbestätigung bekomme ich jedenfalls anderswo im Leben, die brauche ich mir weiß Gott nicht auf dem Hundeübungsplatz zu holen.

Ein paar der Hunde sind sichtlich überfordert, kein Wunder, die Konzentrationsspanne von Jungtieren beläuft sich auf gerade einmal wenige Minuten. Doch Pausen, in denen sich die Hunde durch ein kurzes Ballspiel oder einfach entspanntes Laufen an der Leine wieder sammeln könnten, gibt es nicht. Eine Übung reiht sich an die nächste. Willkommen in der Steinzeit. Ob ich hier richtig bin? Mein letzter Besuch auf einem Hundeübungsplatz liegt zwar über fünfzehn Jahre zurück, und ich habe nicht die geringste Ahnung, wie der derzeitige Stand bei der Hundeausbildung aussieht, aber du meine Güte – irgendetwas muss sich doch in all den Jahren verändert haben!

Da am nächsten Samstag sämtliche Kurse wegen Weiterbildung der Übungsleiter (immerhin etwas) ausfallen, habe ich zwei Wochen Zeit, mir zu überlegen, ob es zu dieser »lustigen« Truppe nicht doch noch eine Alternative gibt.

Am Sonntagnachmittag treffen wir uns mit Freunden auf unserem Wochenendgrundstück. Sie haben einen dreieinhalbjährigen Foxterrier. Der Plan ist: Foxi und Eric spielen und erkunden das sicher eingezäunte Grundstück, während wir Erwachsenen ein winterliches Picknick mit Kaffee und Sekt genießen. Die Sonne scheint, alle sind gut gelaunt, die Hunde vertragen sich, eigentlich müsste der Tag ein schöner werden.

Wird es dann auch, nur: In regelmäßigen Abständen geht Foxis Temperament mit ihm durch. Er beginnt, auf Eric aufzureiten, und bedrängt ihn so sehr, dass sich unser Kleiner mit eingeklemmter Rute im Gebüsch versteckt. »Lass sie doch, die Hunde machen das untereinander aus«, sagt unsere Freundin. Ich sehe das anders, als Hundemama und Rudelchefin bin ich für Erics Wohlbefinden verantwortlich. Dass er von einem anderen Hund gemobbt wird, kann und will ich nicht zulassen. Also bin ich diejenige, die Foxi immer wieder für zwei, drei Minuten aus dem Spiel herausnimmt, sprich, ihn an die Leine nimmt – eigentlich wäre dies Aufgabe der Hundehalterin. Aber die genießt den prickelnden Sekt und die nette Unterhaltung.

Sekt trinken würde ich auch gern, aber nun, da Eric wieder Oberwasser hat, geht er seiner Lieblingsbeschäftigung, der Erforschung unseres Territoriums, nach. Er findet nette Dinge, wie Steinchen, ganze und halbe Walnüsse, Zweige und mehr. Natürlich nimmt er auch alles in den Mund. Und ebenso natürlich hole ich alles dort wieder heraus. Beim Zweiglein habe ich allerdings Probleme, denn das hat sich oben einmal quer durch den Mund zwischen beiden Kiefern verhakt. Eric jault, und das ist kein Wunder, denn der Zweig drückt bestimmt sehr unangenehm gegen das zarte Zahnfleisch. Selbst schuld, denke ich, während ich mit dem Zeigefinger versuche, hinter den Zweig zu kommen und ihn zu lösen. Die Sekttrinker schauen konsterniert zu. Kommentar meiner Schwester: »Du machst viel zu viel Tamtam, kümmere dich doch einfach nicht um den Hund.«

Und wer fährt zum Tierarzt, wenn ein Darmverschluss ansteht? Oder der Zweig ins Zahnfleisch eingewachsen ist, weil's keiner rechtzeitig bemerkt hat? Wer hat später einen Hund an seiner Seite, der Angst vor fremden Hunden hat, weil er in seiner Jugend blöde gemobbt wurde? Alles schon da gewesen, Leute. Ich ignoriere den schwesterlichen Kommentar und folge meinem Bauchgefühl. Und das sagt mir, dass es derzeit Wichtigeres gibt, als Sekt zu trinken. Dennoch sitzt mir ein kleiner giftiger Zwerg im Ohr, der mir zuraunt: Bist du etwa doch überfordert mit einem so jungen wilden Hund? Fehlt dir die nötige Gelassenheit? Allmählich habe ich das Gefühl, dass mein ganzer Alltag vom »Thema Hund« besetzt wird.

9. Kapitel

Hundeschule – die zweite!

Das Thema Hundeplatz lässt mir keine Ruhe. Ich rufe eine Freundin an, die zwei Wochen nach mir einen Welpen aus Spanien übernommen hat. Ich weiß, dass meine Freundin mit ihrem Kleinen ebenfalls einen Welpenkurs besucht, allerdings in einer privaten Hundeschule, die ich nicht kenne.

Dem Internet sei Dank habe ich alle Infos schnell zusammen. »Dog-Scout« heißt die Hundeschule, und sie liegt ganz in meiner Nähe, wenn auch hinter hohen Bäumen versteckt. Ich bin quasi über fünfzehn Jahre unwissentlich an diesem Hundeübungsgelände vorbeigefahren. Beim Studieren der schönen Homepage wittere ich eine Alternative zum drögen Übungsbetrieb des Hundevereins. Das »Dog-Scout«-Programm begeistert mich, denn hier steht nicht die Begleithundeprüfung im Mittelpunkt aller Anstrengungen, sondern der alltagstaugliche Hund, der äußeren Reizen cool entgegentritt. Dazu kommen Spiel, Spaß und eine sinnvolle Freizeitgestaltung mit dem Hund. Auf meinem Gesicht breitet sich ein Grinsen aus. Genau das Richtige für mich!

Ich sehe mich schon freudig mit Eric im Kurs »Active Group« herumtollen. Oder an einem der »Social Walks« teilnehmen. Darunter versteht man einen eineinhalbstündigen Spaziergang in einer Gruppe von zehn bis zwölf Hunden. Nach dem Spaziergang gibt es für die Hunde noch eine Spielrunde im eingezäunten Hundeschulgelände, und für uns Frauchen gibt's Kaffee und Kuchen. Das ist nun einmal wirklich nach meinem Geschmack! Ein klitzekleines Problem besteht allerdings: Kaffee und Kuchen in der Hundeschule scheint auch andere Hundehalter anzulocken, jedenfalls steht hinter fast allen Kursen der Hinweis: »Ausgebucht!« Oh nein, bitte nicht …

Ich greife zum Telefon und drücke kräftig auf die Tränendrüse. Kleiner armer Hund aus Osteuropa. Rettung in letzter Minute. Armseliger Start ins Leben. Und nun soll er nicht einmal beim »Social Walk« mitmachen dürfen?!

Ich habe Glück, Ingrid, die Chefin der Hundeschule, lässt sich erweichen. Eric und ich dürfen am kommenden Freitag zur offenen Übungsstunde der Junghunde, auch »Rüpelrunde« genannt.

Waldorfschule für Hunde?

Am Freitagmittag verspüre ich das altbekannte Rumoren in der Magengegend, als ich mich auf den Weg zur neuen Hundeschule mache. Ich denke an die Glasbläser-Lesung in Lauscha und all meine anderen Abenteuer und reiße mich zusammen. Bangemachen gilt nicht! Das Übungsgelände, an dem ich seit Jahren so achtlos vorbeigefahren bin, liegt zwar nicht ganz so idyllisch wie das des zuvor besuchten Hundevereins, sondern gegenüber einem lauten Verkehrsübungsplatz, aber schließlich will ich hier keinen Urlaub machen, sondern professionelle Hilfestellung bei der Erziehung unseres Hundes bekommen.

Bis zum Kursbeginn sind es noch fünf Minuten, die ersten Hunde und ihre Halter sind schon da. Jeder führt seinen Hund an der Leine, niemand will leinenlos auf Teufel komm raus vorführen, was für ein großartiger Dompteur er und wie wohlerzogen sein Vierbeiner ist.

Ein Hund-Halter-Team nach dem andern betritt gesittet den Platz, wir stellen uns im Kreis auf und werden freundlich von Ingrid, der Chefin der Hundeschule, und einer Übungsleiterin begrüßt. Beide haben fundierte Ausbildungen im kynologischen Bereich, die Chefin betreibt ihre Hundeschule seit vierzehn Jahren, und das nicht als Hobby nebenher, sondern hauptberuflich. Ich bin beeindruckt. In über vierzehn Jahren hat die sympathische, zupackend wirkende Frau bestimmt Hunde jeden Typs, jeden Kalibers erlebt! Hier fühle ich mich sogleich gut aufgehoben, bestimmt werden wir hier eine gute Betreuung und Anleitung erhalten.

Eric und ich bekommen allerdings große Augen, als wir sehen, was für Hunde hier mitmachen: eine Dogge, die so massig ist, dass ich sie für einen Old English Bullmastiff halte. Ein Landseer, so groß wie ein Pony, und das mit knapp acht Monaten. Eric weicht vor den Riesen zurück – das sollen Hunde sein?! Das Labradorbaby aus der Welpengruppe war ihm wohl lieber.

Vor der Übungsstunde ist freies Spiel angesagt. Ingrid ist allerdings der Ansicht, dass Eric mit den Großen noch überfordert wäre. Mir fällt ein Stein vom Herzen! Mein kleiner Bub und die Riesenkälber – das hätte mein schwaches Hundemama-Herz allein beim Zusehen wahrscheinlich überfordert. Unsere Trainerin sucht zwei freundliche, sechs Monate alte Tervueren-Schäferhunde für Eric als Spielkameraden aus, zu dritt dürfen sie im Welpengehege spielen. Während ich den dreien zuschaue, wandert mein Blick immer wieder hinüber zum großen Hundeplatz. Erleichtert und begeistert zugleich stelle ich fest, dass es bei Dogge und Co. ebenfalls friedlich und gelassen zugeht.

Doch dann die Enttäuschung: Eric und ich können bei der Übungsstunde nicht mitmachen. Der Ausbildungsstand der anderen Hunde ist einfach zu hoch für uns, dabei sind sie im selben Alter wie unser Kleiner.

»Das holt ihr schon noch auf«, tröstet die Chefin mich. Alle anderen Hunde waren von der zehnten Woche an bei ihr im Welpenkurs – kein Wunder, dass eine Lücke zwischen deren Ausbildungsstand und dem meines Findelhundes besteht. Ein wenig abseits der Übungsgruppe zeigt die Ausbilderin mir, wie ich Eric ans Fußlaufen gewöhne. Ein kasernenhafter Befehlston, Leinenrucke und Würgehalsbänder sind in diesem Schulbetrieb absolut tabu. Stattdessen wird über Handzeichen und Augenkontakt mit dem Tier kommuniziert.

Insgesamt fühle ich mich bei »Dog-Scout« sehr wohl. Die Klientel, die sich hier mit ihren Hunden einfindet, gefällt mir ebenfalls sehr gut, es sind angenehme Leute.

Als wir an diesem Abend nach Hause kommen, ist Eric so erschöpft, dass er sich nur noch zum Fressen aufrappelt und ansonsten durchschläft bis zum nächsten Morgen. Mir ergeht es nicht viel besser.

Gleich am nächsten Morgen melde ich mich auf der Homepage der Hundeschule für weitere Kurse an: Ein Leinenführigkeitstraining ist angesagt, ein Junghunde-Intensivkurs, ein »Social Walk« und ein Stadttraining, bei dem die Hunde inmitten des städtischen Trubels herumgeführt werden. Ich bin kaum zu bremsen, würde am liebsten noch mehr Kurse belegen, aber eins nach dem anderen. Ich alter Angsthase, für den Hundeplatzbesuche immer mit Bauchgrummeln verbunden waren, verspüre zum ersten Mal etwas wie Freude, wenn ich an die kommenden Trainingseinheiten denke. Zusammen mit anderen üben macht sicher viel Spaß. Spaß?! Hat das meine innere Stimme gerade wirklich gesagt? Jawohl!

Ach ja, ich habe die Hundeschulchefin außerdem um einen Hausbesuch gebeten.

Hochmotiviert durch den Besuch der Hundewaldorfschule, beschließe ich beim nächsten Spaziergang, Eric endlich von der Leine zu lassen. Meiner Ansicht nach ist die Bindung zwischen uns schon ziemlich gefestigt – schließlich lebt er nun schon sechs Wochen bei uns –, voller Zuversicht, dass er auf mein Rufen hin zurückkommt, leine ich ihn also ab. Eric springt sofort gute hundert Meter davon. Ich beiße mir auf die Lippen und rufe ihn nicht.

Aus meiner Erfahrung heraus weiß ich, dass es eher schädlich ist, Hunde beim Freigang ständig zu rufen oder sie gar beim ersten Herankommen gleich anzuleinen. Denn allzu schnell entsteht beim Hund die unselige Verknüpfung: Wenn ich Frauchens Rufen folge, ist's aus und vorbei mit der Freiheit! Also folge ich besser nicht. Da Hunde immer nur das tun, was ihnen am vorteilhaftesten erscheint, gilt es also, ihnen das Herkommen als vorteilhaft zu verkaufen. Vorteilhaft wäre aus hündischer Sicht beispielsweise eine Spielrunde mit Ball oder Quietschetier. Oder ein tolles Leckerli für zwischendurch.

Auch mit Eric möchte ich das Herbeirufen nun spielerisch üben. Mein Hund scheint von meiner Trainingsmethode jedoch nicht viel zu halten. Eric riecht nur kurz an der Fleischwurst, die ich ihm lockend hinhalte, dann rennt er angewidert davon. Pferdeäpfel schmecken ihm viel besser, gierig schlingt er mehrere der braunen Leckereien hinunter, bevor ich auch nur ein »Pfui!« über die Lippen bringe. Eine Maus käme ihm wohl auch gelegen, so eifrig, wie er in den Löchern buddelt. Da die Mäusejagd erfolglos bleibt, verlegt er sich nun aufs Rennen. Nicht Lola, nein Eric rennt! Und zwar in immer größeren Kreisen. Zwischendurch wird wie wild gebuddelt, Mist gefressen oder faulige, vergorene Äpfel vom letzten Herbst goutiert. Dass er einst ein Frauchen an seiner Seite hatte, scheint der kleine Teufel längst vergessen zu haben. Meine Rufe verhallen ungehört. Freiheit, ich kommeee!

Gut, denke ich mir, dann ist eben Plan B angesagt: Ich renne in die entgegengesetzte Richtung in der Hoffnung, dass Eric mir folgt. Als ich fast hundert Meter gelaufen bin, verlässt der junge Wilde tatsächlich sein Mauseloch und rennt hinter mir her. Ich will schon aufatmen, doch zwei Meter vor mir bleibt er abrupt stehen. Mit unfreundlichem Blick mustert er mich, als wollte er mir sagen:

»Wer bist du? Was willst du? Lass mich in Ruhe, ich habe hier Besseres zu tun!«

Bevor ich ihn an die Leine nehmen kann, düst er wieder davon. Fassungslos schaue ich zu, wie der Frechdachs einer Krähe hinterherjagt, als wäre ich gar nicht anwesend. Was ist nur aus meinem süßen kleinen Hündchen geworden?! In freier Wildbahn scheint er zum Urhund, wenn nicht gar zum Wolf, mutiert zu sein.

Meine bittere Erkenntnis: Ohne Leine habe ich Eric absolut nicht unter Kontrolle. Durch geschicktes Taktieren und gleichzeitige Ablenkungsmanöver gelingt es mir irgendwann, ihn anzuleinen. So viel zu den Themen »Bindung zwischen Hund und Halter« und »Freiheit für den Hund«!

Als ich unserer Trainerin beim nächsten Kurstag von meinem missglückten Ablein-Erlebnis erzähle, ist sie nicht überrascht. Ihrer Ansicht nach ist eine Bindung zwischen

Eric und mir zwar schon vorhanden, aber noch lange nicht so gefestigt, als dass ich ein solches Abenteuer hätte wagen sollen. Ihr Rat: ausgiebiges Training mit der langen Schleppleine.

Schleppleinentraining

Wenn ich ein Stück Hundezubehör hasse, dann ist es die zehn Meter lange dünne Schleppleine! An die 20-Meter-Leine habe ich mich in all den Jahren erst gar nicht herangewagt. Wie der Name besagt, soll die Schleppleine locker gehalten werden und hinter dem Hund am Boden entlangschleppen, so dass er im Idealfall gar nicht merkt, dass er angeleint ist. Somit verschafft sie dem Hund einerseits Freiheit, während sie mir am anderen Ende der Leine gleichzeitig Kontrolle verleiht. Wenn ich beispielsweise Eric zu mir rufe und er meinem Rufen nicht folgt, kann ich ihn durch einen leichten Leinenruck auf mich aufmerksam machen. Und sollte er zu lange an einem Mauseloch verweilen, dann erinnert ihn ein Leinenruck ans Weitergehen. Auch einen Sprint hinter einem aufspringenden Hasen kann ich so unterbinden. Bei konsequentem Training lernt der Hund den Radius, in dem er sich frei rund um sein Herrchen bewegen kann, gut einzuschätzen. Ist dies der Fall, kann man die Schleppleine fallen lassen, so dass der Hund sie hinter sich herzieht. Sollte ein beherztes Eingreifen seitens des Hundehalters nötig werden, ist sie schnell wieder aufgenommen. Viele Hundehalter kürzen die Leine von Woche zu Woche mehr ein, so dass der Hund am Ende der Trainingsphase, die sich durchaus über mehrere Monate ziehen kann, nur noch einen Meter Leine hinter sich herschleppt.

Schleppleinentraining ist unbestritten sehr sinnvoll. Es ist auch nicht so, als ob ich gänzlich ungeschickt mit dieser Art von Leinenführung wäre. Als langjährige Reiterin habe ich genügend Feingefühl in den Händen, um zu spüren, wann ich die Leine nachgeben kann und wann ich sie wieder einholen muss. Mit unserer Dekita habe ich ebenfalls so lange ein Schleppleinentraining absolviert, bis wir sie trotz Jagdtrieb jederzeit ohne Leine kontrollieren konnten.

Was sich aber trotz Feingefühl und Achtsamkeit nicht vermeiden lässt, ist, dass sich Hund und Leine immer wieder verheddern. Wenn die dünne Schnur sich dann ins Hundebein einschneidet oder am zarten Hundebauch entlangscheuert, winselt nicht nur der Hund, sondern auch ich. Die Gefahr, dass Hunde die Leine nach ein paar schmerzhaften Erfahrungen ablehnen und Meideverhalten zeigen, sobald man sie anlegen will, ist nicht zu unterschätzen.

Dennoch – will ich irgendwann einen Hund haben, den ich ohne Leine laufen lassen kann, komme ich wohl ums Schleppleinentraining nicht herum.

Wir haben Anfang Februar, die Temperaturen liegen seit Monaten endlich einmal wieder im zweistelligen Bereich, ein Hauch von Frühling liegt in der Luft – Eric und ich genießen nun endlich ausgedehnte Spaziergänge, ohne dass uns dabei die Pfoten bzw. die Zehen abfrieren. Die Schleppleine habe ich täglich dabei, sie kommt allerdings erst zum Einsatz, sobald wir den Ortsrand hinter uns gelassen und die Wiesen erreicht haben. Dabei versuche ich, jeden Tag andere Wege zu wählen, so dass keine Gewöhnung eintritt nach dem Motto: »An der Kreuzung X kommt die kurze Leine ab und die Schleppleine dran – Freiheit hurra!« Auch möchte ich so die Aufmerksamkeit meines Hundes erhalten: Da er die Wege nicht kennt, muss er sich zwangsweise öfter einmal nach mir umdrehen.

Was soll ich sagen – es funktioniert! Eric kommt schon viel öfter auf mein Zurufen, manchmal kommt er sogar von sich aus und fordert mich zum Spiel auf. Aber gerne doch!

Zwischendurch üben wir »Sitz« und »Platz« und Bei-Fuß-Laufen. Alles natürlich mit viel stimmlichem Lob und Leckerlis. Auch diese Übungsminuten halte ich jedes Mal an anderen Stellen ab, damit sich bloß keine Routine einschleicht. Denn wer kennt sie nicht? Die Hunde, die auf dem Übungsplatz perfekt »funktionieren«, weil sie wissen, dass am Ende des Platzes eine Kehrtwendung und nach weiteren zehn Schritten der »Platz!«-Befehl kommt. Aber wehe, ihr Halter verlangt von seinem Hund in der Stadt oder anderswo ein sauberes Bei-Fuß-Laufen! Das steht so nicht im Schema der Begleithundeprüfung, also geht's mich auch nix an, denkt sich so mancher Vierbeiner. Und Herrchen scheint's nicht zu stören, Hauptsache, bei der Prüfung werden annähernd sechzig Punkte erreicht.

Ich übe nicht um des Übens willen oder weil ich mich in einem Jahr bei der Begleithundeprüfung profilieren möchte. Vielmehr will ich mir einen angenehmen Begleiter im Alltag heranziehen.

Eric macht alles prima mit, dank der Tipps aus der Hundeschule klappt das Bei-Fuß-Laufen nun um Welten besser. Ich habe außerdem herausgefunden, dass der Bub mir eher folgt, wenn ich zügig laufe und dabei den Blick nach vorn richte, anstatt zu trödeln und ständig aufs Hündchen zu gucken.

Am Ende liegen die meisten Fehler nur am Halter und nicht am Hund.

Bei unserem nächsten Besuch in der Hundeschule dürfen wir schon in der großen Übungsrunde mitmachen, und siehe da, es klappt ganz manierlich! Die Erkenntnis, dass es bei anderen Hund-Halter-Paaren auch noch hie und da hapert, stimmt mich fast vergnüglich. Meine gute Laune wird nicht einmal durch unsere Übungsleiterin getrübt, die bei Erics Bei-Fuß-Laufen noch großes »Entwicklungspotential« sieht. Sie hat ja keine Ahnung, wie das noch vor zwei Wochen ausgesehen hat!

Völlig verblüfft stelle ich außerdem fest, dass ich nicht mehr so ängstlich bin wie beim ersten Mal, ganz im Gegenteil – ich bin voll bei der Sache. Der berühmte Verhaltensforscher mit dem unaussprechlichen Namen Csikszentmihalyi wäre stolz auf mich: Ein paar Minuten lang bin ich immer wieder einmal völlig »im Flow«, also ganz auf unser Tun konzentriert. Die Welt um mich herum existiert nicht mehr, keine Gedanken an mein Buchmanuskript kommen auf, keine Sorgen, ob es der erhoffte Bestseller wird. Meine anstehende Lesereise im Frühjahr, der Abgabetermin, Pläne für ein neues Buch – alles ist weit, weit weg. Im Augenblick gibt es nur meinen Hund und mich, wir kommunizieren miteinander, per Blickkontakt, durch Handzeichen, durch Lautzeichen. Wir sind ein Team, und wir haben Spaß bei dem, was wir tun. Doch irgendwann ist auch der schönste »Flow« vorbei, die Spielrunde naht, die Übungsleiterin hält Eric jedoch nach wie vor für zu klein und zart gebaut fürs Spiel mit den größeren Junghunden. Also sucht sie zwei mittelgroße, acht und zehn Monate alte Hündinnen aus, mit denen er im Welpenbereich spielen darf. Beide Ladys sind wider Erwarten ziemlich grob mit dem Buben, er klemmt den Schwanz ein, sucht Schutz bei mir. Am liebsten würde ich die blöden Weibsbilder wegjagen und Eric auf den Arm nehmen. Eine der beiden Hundebesitzerinnen ermahnt mich mehrmals, nicht einzugreifen und die Hunde die Situation alleine ausmachen zu lassen. Recht hat sie, ich muss endlich meine Ängste in den Griff bekommen. Bis zum Ende der Spielrunde presse ich die Lippen zusammen und sage gar nichts mehr. Das ist auch nicht nötig, denn Eric hat längst Gefallen an der etwas ruppigen Spielart gefunden und macht nun kräftig mit.

In einem rauschähnlichen Hochgefühl verlasse ich die Hundeschule.

Da ich trotz aller Hundeschulerfolge weiterhin meinem Beruf als Autorin nachgehen muss und möchte, ist diese Woche endlich einmal wieder konzentriertes Schreiben angesagt. Eric weiß inzwischen, dass die Stunden zwischen Frühstück und Mittag für ihn ziemlich langweilig sind. Hat er in den ersten Wochen noch ständig meine Aufmerksamkeit eingefordert – teilweise mit großer Penetranz –, so liegt er inzwischen brav neben mir auf der Eckbank und verschläft die stundenlange Ödnis, wohl wissend, dass auch wieder bessere Zeiten kommen! So entsteht täglich mehr von dem bunten Mosaik aus Bildern, Gefühlen und Abenteuern, welches am Ende einmal meinen Roman *Die Zarentochter* ausmachen soll.

10. Kapitel
Eric als Therapiehund?

Meine Großmutter lebt seit einem Jahr in einem hübschen Altersheim. Dort gibt es nur fünfzehn Zimmer, die Betreuung ist persönlich und liebevoll. Doch meine Oma, die zeit ihres Lebens eine sehr eigenwillige und selbständige Frau war, hat es nie überwunden, ihre Wohnung und somit ihre Freiheit aufgegeben zu haben. Ganz gleich, auf welche Art wir ihr das Altersheim auch schmackhaft zu machen versuchen, sie lehnt ihr neues Zuhause ab. »Wenn ich die vielen alten Leute sehe, fühle ich mich selbst alt«, sagt sie. Das Essen schmeckt ihr nicht, sie vermisst ihre hausgemachten schlesischen Köstlichkeiten. Wenn ich ihr allerdings selbstgemachten Heringssalat oder Streuselkuchen mitbringe, ist's auch nicht recht: Der Kuchen schmeckt trocken. Und im Heringssalat ist zu wenig Hering drin. O.k, ich habe verstanden, keine kocht so gut wie du, Oma. Ich nehme ihr die Nörgeleien nicht übel, meine Großmutter ist nun einmal, wie sie ist. Als ich sie Anfang Februar besuche, erschreckt sie mich dennoch.

»Petra«, sagt sie und nimmt meine Hand fest in die ihre, »ich will sterben. Mir reicht's, ich habe alles gesehen und erlebt, was mir wichtig war. Nun will ich gehen, der liebe Gott wartet auf mich.« Müde, aber bestimmte Augen schauen mich an.

Natürlich will ich ihr das ausreden: »Du darfst doch

nicht ans Sterben denken, das Frühjahr naht! Das Leben ist schön!«

Doch meine Großmutter schüttelt nur den Kopf.

Entsetzt und verwirrt gehe ich nach Hause. Warum hat sie das ausgerechnet mir erzählt? Wir standen uns nie sehr nahe, meine Großmutter war stets eine sehr distanzierte Frau. Nach dem ersten Schock spreche ich mit meiner Familie. Ein Gespräch mit der Heimleitung folgt, für die Fachkräfte sind solche Willensbekundungen am Ende eines Menschenlebens nichts Neues. Ausführlich und ruhig erklären sie uns, welche Möglichkeiten sich nun bieten.

Wer ein Leben lang eigene Entscheidungen getroffen hat, soll dies auch am Ende dürfen, beschließt meine Familie. Wir dürfen lediglich Beistand leisten und für sie da sein.

Was sich in der Theorie einfach anhört, gestaltet sich in der Praxis schwierig. Die Fahrten ins Altersheim kosten viel Zeit. Zeit, die ich angesichts unseres Junghundes und des nahenden Abgabetermins für mein Buch eigentlich gar nicht habe. Meine Familie und ich wechseln uns mit den täglichen Besuchen bei ihr ab. Da ich nicht jedes Mal einen Hundesitter organisieren kann, bleibt mir nichts anderes übrig, als Eric mitzunehmen. Die großen, elektrisch zu öffnenden Türen im Altersheim, die alten Menschen in Rollstühlen, die fremden Gerüche und Geräusche – all das beeindruckt Eric sehr. Viele Hände wollen Eric streicheln, doch er weicht erschrocken zurück. Dass er je zum Therapiehund wird, bezweifle ich. Unser Findelhund ist keiner, der sich jedem Fremden gleich ans Hosenbein schmiegt, vielmehr überwiegt bei ihm eine natürliche Zurückhaltung.

Mit der bettlägerigen Oma kann mein Hund auch nicht viel anfangen, was jedoch auf Gegenseitigkeit beruht. Meine Großmutter schenkt dem Hund kaum einen Blick, dabei ist sie eigentlich sehr tierlieb und hatte in früheren Jahren selbst einen Hund.

Ich gebe Klein-Eric einen mitgebrachten Kauknochen und hoffe, dass er nicht anfängt, die Mülleimer auszuräumen.

Es ist erstaunlich, wie viel Interesse ein Hundekind in einem Altersheim auslösen kann. Wann immer ich Eric dabeihabe, kommen ständig Pflegekräfte vorbei, um ihn zu begrüßen. Ein bisschen Fröhlichkeit und jugendliche Unbeschwertheit im ansonsten so beschwerlichen und oft traurigen Alltag.

Mein Geburtstag am 11. Februar naht, doch nach einem rauschenden Fest oder wilden Party steht mir nicht der Sinn. Es tut viel zu weh, mit anzuschauen, wie meine Großmutter von Tag zu Tag hinfälliger wird. Sie verweigert das Essen, lediglich ein paar Schlucke Wasser nimmt sie unter viel guten Zuredens zu sich. Eine Verlegung ins Krankenhaus mit Zwangsernährung steht außer Frage – das Krankenhaus war für diese Frau ihr Leben lang ein gefürchteter, verhasster Ort. Somit bekommt sie lediglich Infusionen, um sie vor einer inneren Austrocknung zu bewahren. Auch bieten wir ihr ständig kleine Lieblingsspeisen an – Fastnachtskrapfen, Nudelsuppe, Gulasch mit Spätzle – für den Fall, dass sie es sich doch noch anders überlegt. Alle Speisen wandern unberührt in den Müll.

Ein paar Tage später hängt der Geruch des Todes im Zimmer meiner Großmutter. Nicht nur ich spüre: Nun kann es nicht mehr lange dauern. Klein-Eric möchte ich von heute an nicht mehr ins Altersheim mitnehmen. Hunde haben ein noch viel feineres Gespür für den Tod als wir Menschen. Und Eric hat schon als winziger Welpe in der ungarischen Tötungsstation den Geruch des Todes erleben müssen, nochmals möchte ich ihm das ersparen. Aber es ist schwierig, für die vielen Stunden, die für die Sterbebegleitung notwendig sind, einen Hundesitter zu organisieren. Dem Himmel sei Dank, springt eine Freundin ein.

Die Sterbebegleitung, Omis Tod an meinem Geburtstag, die Beerdigung, dazu mein grippekranker Mann – ausgerechnet in dieser Woche, in der ich mich ohnehin gestresst fühle, findet der Hausbesuch unserer Hundetrainerin statt: Sie soll sich Erics Umfeld anschauen und einschätzen, wie wir mit ihm umgehen.

Jeder Hund braucht eine Ruheinsel

Das Erste, was unsere Trainerin herausfindet, ist die Tatsache, dass unser Hund viel zu umtriebig ist. Fassungslos schaut sie sich an, wie Eric über Sofas, Sessel und die Betten tobt, spielt, kläfft, in den Garten hinausrennt, wieder hereinkommt, weitertobt.

Sie erklärt mir, dass ein Hund in seinem Alter höchstens vier bis sechs Stunden wach sein sollte. Der Rest des Tages – sprich achtzehn bis zwanzig Stunden – wird verschlafen. Spielen und Herumtoben, Schmusen mit Frauchen, Gassigehen und Fressen – all das soll in vier bis sechs Stunden geschehen.

Ich bin ebenso fassungslos wie entsetzt: Eric kommt mindestens auf zwölf Stunden Wachzeit. Eigentlich schläft er ganz selten, und wenn, dann unterbricht er seinen Schlaf, sobald ich aufstehe oder das Zimmer verlasse. Zur Ruhe kommt er nur schwer.

Die Hundeexpertin will daraufhin wissen, woher Eric stammt. Also erzähle ich ihr seine Geschichte: Geboren in einer Tötungsstation, gerettet einen Tag vor Ultimo, dann die achtundzwanzigstündige Fahrt im Lieferwagen der Tierschützer nach Deutschland. Die ersten vier Monate im Haus der Tierschützerin, in einem großen Rudel, in dem ständig irgendein Vierbeiner kläffte, spielen wollte, aufjaulte, weil ein anderer ihn im Spiel geziept hatte. Mit Schrecken erinnere ich mich daran, wie erschöpft unser Kleiner in diesem großen Rudel wirkte. Richtig wohl hat er sich dort nicht gefühlt. Und anscheinend hat ihm diese Rudelhaltung auch nicht gutgetan. Denn meinem Gegenüber ist nach meiner Schilderung alles klar – Eric hat in seiner Anfangszeit nie gelernt, zur Ruhe zu kommen.

Nun ist es höchste Zeit, dass wir ihm dabei helfen. Im selben Atemzug erklärt sie mir, dass es nichts mit Anhänglichkeit zu tun hat, wenn Eric mir in der Wohnung ständig nachläuft. Vielmehr wolle mich mein kleines Hündchen kontrollieren. Eric will wissen, was ich mache, wohin ich gehe, mit wem ich spreche, ob ich telefoniere etc. Und zwar sprichwörtlich auf Schritt und Tritt.

Beides – das ungehemmte Toben und das Nachlaufen – gilt es dringend zu unterbinden, bekomme ich zu hören. Und auf meine verzweifelte Frage nach dem »Wie?« sogar eine Antwort: durch erneutes Boxentraining. Dieses Mal heißt es allerdings nicht, den Hund ans Autofahren in der Box zu gewöhnen. Vielmehr soll die Box Eric in der Wohnung als Rückzugsraum dienen und ihm die nötige Ruhe geben, die er von alleine nicht findet. Eine Hundebox sollte und darf nie ein Gefängnis für Hunde sein oder gar ein Ort, in den man das Tier sperrt, weil es ungehorsam war oder einem auf die Nerven geht. Eine gründliche Boxeneingewöhnung ist das A und O. Diese kann bis zu vier Wochen dauern, steht in dem Merkblatt, das die Trainerin mir überreicht. Erst wenn der Hund seine »Höhle« gern und freiwillig aufsucht, kann man ihn auch einmal für eine oder zwei Stunden darin einsperren. Womit sich dann auch das ewige Nachlaufen erledigt hätte.

Mich erinnert das Ganze an die »stille Treppe«, die Kinderpsychologin Katja Saalfrank genervten Eltern und Kindern in ihrer Sendung *Die Super Nanny* empfiehlt. Ob Kind oder Hund – ganz bewusst Ruhephasen in den Alltag einzubauen, war schon immer eine weitverbreitete Methode, überdrehte kleine Lebewesen wieder zu erden. Früher hat man die sogenannten Zappelphilippe in die Scheune oder den Keller gesperrt oder einfach auch nur angebunden, um sie eine Weile in Schach zu halten. Heute nennt man es vornehmer »die stille Treppe«. Aber mir gefällt der Gedanke, meinen Hund in eine kleine Box einzusperren, überhaupt nicht.

Ich soll ihn ja auch nicht »einfach so« einsperren, sondern beispielsweise immer dann, wenn ein Schläfchen angebracht wäre, Eric aber nicht zur Ruhe kommt, also nach einem ausgiebigen Mahl, nach einem langen Spaziergang oder einer Übungsstunde. Nur im Schlaf hat ein Hund die Möglichkeit, Erlebtes zu verarbeiten. Ausreichend Schlaf ist für ein gesundes geistiges und körperliches Wachstum des Tieres unabdingbar, erklärt unsere Trainerin. Würden wir so weitermachen wie bisher, bekämen wir bald einen hyperaktiven Hund.

Ich schlucke beklommen. Für meine Arbeit am nächsten Roman recherchiere ich gerade intensiv über die kindliche Störung »Aufmerksamkeitsdefizitsyndrom«, kurz ADS oder ADHS genannt. Ein ADS-Hund? Nein danke.

Noch am selben Abend bestelle ich eine Faltbox aus Segeltuchmaterial. Sie ist leicht, nicht zu hell, aber auch nicht zu düster. Und man kann sie platzsparend zusammenklappen, von einem Zimmer ins andere tragen und auch einmal mit ins Hotel nehmen, wenn Hundeurlaub angesagt ist.

Unser Coach ist außerdem der Ansicht, dass ich viel zu viel mit dem Hund mache: Ich rede zu viel mit ihm. Ich spiele zu viel mit ihm. Ich lasse ihn zu oft auf seinen Wunsch hin in den Garten. »Ignorieren« ist das Stichwort. Ich solle Eric einfach links liegenlassen, dann käme er von alleine zur Ruhe.

Nach nur zwei Stunden Hausbesuch gerät mein Weltbild in puncto Junghund ins Wanken: Ich dachte, ein junger Hund gehöre ständig bespaßt, bespielt und unterhalten. Jedes Mal wenn ich in den letzten Wochen am PC saß, um zu schreiben, bekam ich ein schlechtes Gewissen nach dem Motto: Jetzt hast du dir einen jungen Hund angeschafft, und anstatt dich um ihn zu kümmern, sitzt du stundenlang hier und schreibst!

Schlechtes Gewissen? Unsere Trainerin lacht darüber nur. Der Hund solle sich unserem Leben anpassen und nicht umgekehrt, erklärt sie mir.

Alles, was sie sagt, ergibt Sinn. Verflixt noch mal, warum nur sind wir, bin ich, nicht selbst darauf gekommen?

Tief in meinem Inneren fällt eine Last von mir ab. Endlich muss ich mir nicht mehr ständig Hundespiele ausdenken! Endlich kann ich mich wieder intensiv dem Schreiben widmen! Vielleicht ist ein junger Hund doch nicht so anstrengend, wie ich bisher dachte? Habe ich mir den meisten Stress selbst auferlegt? Geht das alles doch viel einfacher, stressfreier?

Während die Trainerin mir noch das Boxentraining schmackhaft macht, rennt Eric mehrmals ans Fenster und bellt, weil draußen ein Hund am Haus vorbeiläuft.

Die Trainerin schaut mich streng an. »Macht er das öfter?« Der Tadel in ihrer Stimme ist nicht zu überhören.

Ich nicke kläglich. Unser süßer kleiner Findelhund – ein hyperaktiver Kläffer. Was bin ich nur für ein Versager!

»Das Bellen muss schnellstens unterbunden werden«, unterrichtet die Fachfrau mich. Würde ich ihn weiterbellen lassen, erklärt sie mir, dann würde Eric daraus die falschen Schlüsse ziehen und lernen: »Ein Hund läuft am Haus vorbei, ich, Eric, belle wütend, woraufhin der Hund weiterläuft. Hurra – ich habe ihn erfolgreich vertrieben!« Die Folge wäre noch mehr Bellen. Klingt logisch.

Das Zauberwort heißt: Superspielzeug!

Hunde sind Opportunisten. Sie tun immer nur das, was ihnen im Augenblick am nutzbringendsten erscheint. Um also einem Hund das Bellen abzugewöhnen, muss man ihm das Nicht-Bellen schmackhafter machen als das Bellen. So weit ist mir die Sachlage auch klar, aber wie kann ich den Hund für etwas belohnen, was er nicht tut?

Die Trainerin erklärt mir, dass dies mittels eines sogenannten »Superspielzeugs« funktionieren kann, mit dem der Hund vom Bellen abgelenkt wird.

Ein Superspielzeug ist sozusagen das Überraschungsei für Hunde: Es verspricht Spiel und Spaß und was Gutes zum Naschen obendrein. Ich nicke eifrig, habe aber keine Ahnung, wie so eine eierlegende Wollmilchspielzeugsau aussehen soll.

Gemeinsam wühlen wir, von Eric argwöhnisch beäugt, seine Spielzeugkiste durch.

»Besser geht's nicht!«, sagt unsere Trainerin und zieht triumphierend Erics »Kong« heraus. Dabei handelt es sich um ein patentiertes Hundespielzeug aus Amerika. Es ist ein faustgroßes, konisch zulaufendes Stück Hartgummi, das beim Aufspringen auf den Boden immer dahin hüpft, wo es möchte (meist unter den Tisch oder unters Sofa, wo ich es mühsam wieder hervorholen muss). Der Kong ist außerdem der Länge nach durchbohrt, ein Kunststoffseil läuft durch diese Öffnung, an ihm kann man den Kong im Freien auch schleudern. Bisher fristete das Ding ein unbeachtetes Dasein in Erics Spielekiste – Kongs sind unzerstörbar und somit laaaangweilig! Doch von unserer Trainerin wird der Kong zum Superspielzeug erkoren, denn strahlend stellt sie fest: »Den kannst du super mit Fressen füllen! Wenn du dieses Superspielzeug später einsetzt, ist jeder vorbeilaufende Hund am Fenster schnell vergessen.«

Ich soll Hundefutter in dieses Gummiteil stopfen?! Mein skeptischer Blick spricht wohl Bände, denn sogleich bekomme ich einen Merkzettel in die Hand gedrückt, auf dem ich »Rezepte« für schmackhafte Kongfüllungen finde: Nudeln, Trockenfutter, Streichkäse und Schmierwurst kommen dabei ebenso zum Einsatz wie Würstchen, Katzenfutter und vieles mehr. Es gilt, den Kong schichtweise zu füllen, damit der Hund lange damit beschäftigt ist, die einzelnen Köstlichkeiten aus seinem Inneren zu schlecken, zu schütteln oder mit den Pfoten herauszuholen.

Früher war Hundeerziehung irgendwie einfacher, denke ich mir und sehe mich im Geist schon die eklige Pampe in den Kong füllen. Es kommt aber noch besser.

»In den ersten zwei, drei Wochen spielst du alleine mit dem Superkong. Eric bekommt ihn immer nur kurz zu Gesicht, aber nie zum Spielen. Erst wenn er richtig scharf auf den Kong ist, bekommt er ihn von dir«, erklärt unsere Trainerin mir.

Ich und der Superkong, zwei Wochen ganz alleine. Prima. Und dann?

»Wann immer ein Hund an eurem Haus vorbeiläuft und

Eric zum Bellen anhebt, rufst du voller Begeisterung das Wort ›Superkong!‹. Sobald Eric sich zu dir umschaut, gibst du ihm das schwergewichtige Leckerli-Spielzeug. Ich wette mit dir, dass er den Kong spannender findet als alles, was vor eurem Fenster passiert!«

Ich wage nicht, zu widersprechen.

In den nächsten zwei Wochen bin ich gut damit beschäftigt, den Kong morgens mit Nudeln, Leberwurst und mehr zu füllen, tagsüber mit dem Teil herumzuspielen und abends dann die ganze Matsche mit Hilfe eines Kochlöffelstiels und viel Spülmittel wieder herauszuwaschen. Ticke ich eigentlich noch richtig?!, frage ich mich dabei nicht nur einmal.

Habe ich eigentlich erwähnt, dass meine Übungsleckerli – Wiener Würstchen in dünne Scheibchen geschnitten – laut Hundetrainerin auch nichts taugen? Das würde ich daran erkennen, dass Eric alles andere interessanter findet, führt sie aus. Da Eric nicht gerade zu den gefräßigsten Zeitgenossen gehöre, müsse man ihn mit viel stärker duftenden, intensiv schmeckenden Happen locken!

Ich ahne Schlimmes. Und tatsächlich – auf meine zögerliche Nachfrage hin, wie solche Superleckerlis denn aussehen könnten, bekomme ich folgendes Rezept:

Kaufe beim Metzger deines Vertrauens große Stücke Leber, Pansen und Lunge.

Schneide diese Innereien in winzige Stückchen.

Trockne diese bei 80 Grad zwei bis drei Stunden lang im Backofen.

Haben Sie schon einmal versucht, Lunge zu schneiden? Und können Sie sich vorstellen, wie die Wohnung nach einem mehrstündigen Leber-Trocknungs-Vorgang riecht?! Betrete deine Küche danach entweder drei Wochen lang nicht mehr oder kaufe dir eine Nasenklammer. Was tut man nicht alles, um einen wohlerzogenen Hund zu bekommen …

Ich stelle wieder einmal fest: Einen Hund erzieht man nicht nebenbei, das ist wirklich ein ziemlich anspruchsvoller Job.

Bisher glaubte ich, einiges zum Thema Hund zu wissen, dennoch ist vieles von dem, was ich heute zu hören bekomme, völlig neu für mich. Beispielsweise die Tatsache, dass Hunde zwischen zwei und sechs Tage benötigen, um Adrenalin abzubauen. Erlebt ein Hund also etwas für ihn Aufregendes, wie die Hundeschule oder ein Stadtspaziergang, sollte man ihm danach mindestens zwei Ruhetage gönnen, in denen nichts außer Alltag herrscht. Tut man es nicht, steht der Hundekörper ständig unter Anspannung; ein nervöser, überreizter Hund, der sich schlecht konzentrieren kann, wäre die Folge.

Das Fazit der Hundetrainerin nach ihrem Hausbesuch bei uns: Wir müssen mittels Boxentraining dafür sorgen, dass der Hund zur Ruhe kommt.

Eric darf mir außerdem nicht mehr auf Schritt und Tritt nachlaufen und mich somit kontrollieren.

Ich muss ihn wesentlich mehr als bisher ignorieren, anstatt ihn ständig zu bespaßen.

Das Superspielzeug Kong soll als Ablenkungsmanöver gegen das Bellen am Fenster helfen.

Und – Wiener Würstchen waren gestern – ich brauche neue Leckerlis!

Mir schwirrt der Kopf von so viel Neuem. Gleichzeitig bin ich aufgeregt und freue mich auf die Herausforderungen. Als wir vor fast zwanzig Jahren unseren Alf bekommen haben, hat auch er damals alles, was ich bisher über Hunde und ihre Haltung wusste, ad acta gelegt. Obwohl ich zuvor über fünfzehn Jahre lang zwei Schäferhunde an meiner Seite gehabt hatte, musste ich alles noch mal vollkommen neu definieren und lernen, um mit einem nichtsozialisierten Hund seines Kalibers adäquat umgehen zu können.

Nun bin ich wieder in einer Lernphase. Ob ich die Tipps der Trainerin wohl umsetzen kann? Oder bin ich womöglich schon viel zu eingefahren? Spannende Zeiten stehen uns bevor.

Mitte Februar ist wieder einmal ein Tierarztbesuch angesagt: Eric soll seine Borrelioseschutzimpfung bekommen. Da wir in einem sehr zeckengefährdeten Gebiet wohnen, ist diese Impfung ungemein wichtig. Ist der Hund erst einmal geschützt, brauche ich nämlich nicht bei jeder Zecke Angst vor der tückischen Viruserkrankung zu haben. Leider gibt es diese Impfung für Menschen noch nicht. Beim Hund gibt es sie schon seit etlichen Jahren, sie ist jedoch sehr aufwendig. Bei einem ersten Besuch wird dem Hund Blut abgezapft. Dieses wird im Labor untersucht. Erst wenn feststeht, dass der Hund *kein* Borrelioseträger ist, darf er geimpft werden. Es finden zwei Impfungen im Abstand von vier Wochen statt, danach folgt eine jährliche Auffrischung.

Mein Tierarzt, den ich seit sechsundzwanzig Jahren kenne und schätze, ist von Eric begeistert. Der Hund habe solche unglaublichen Fortschritte gemacht. Unser Doktor schwärmt, wie ich ihn noch bei keinem meiner anderen Hunde schwärmen gehört habe, er scheint ein wahrer Eric-Fan zu sein.

Er prophezeit mir außerdem, dass Eric einmal so groß

wie ein Afghane werden und denselben Körperbau besitzen wird: groß, schlank, mit schmalem Kreuz und langen Beinen. Eric, ein Windhund?!

Mir kommt der Text in den Sinn, mit dem Eric sich dank der Tierschützerin im Internet quasi selbst angepriesen hat:

»Ich werde mittelgroß, d.h., ich bekomme
circa 45 cm Schulterhöhe. Ausgewachsen bin
ich immer noch klein genug, um überallhin mitgenommen werden zu können, aber auch
groß genug, um nicht übersehen zu werden.«

Eric hat am heutigen Tag Schulterhöhe 59 cm.

Die nächste offene Übungsstunde in der Hundeschule fällt leider aus. Nach der Impfung schwächelt Eric etwas, also ist Schonung angesagt.

Kleine große Erfolge

Die letzte Februarwoche ist geprägt von vielen kleinen großen Erfolgen: Ich kann Eric dank des »Superkongs« immer öfter von seiner Bellerei am Fenster abrufen. Er folgt mir in der Wohnung auch nicht mehr auf Schritt und Tritt, ich »darf« inzwischen sogar hin und wieder alleine auf die Toilette gehen – was für ein ungewohnter Luxus! Unsere Gassirunden sind dank des guten alten Schleppleinentrainings auch recht entspannt. Für die Übungsstunde nehme ich die kurze Leine mit. Auch das Bei-Fuß-Laufen klappt inzwischen ganz manierlich.

Was hat sich sonst noch verändert: Die Boxengewöhnung schreitet voran, Eric sucht die Box manchmal schon freiwillig auf. Immer wieder verstecke ich ein Leckerli darin, was er dann »zufällig« findet und ganz toll findet. Allmählich wird die Box wirklich zu einem seiner Lieblingsplätze. Da ich ihn noch nicht für längere Zeit in die Box sperren kann und will, er von selber aber immer noch nicht zur Ruhe kommt, binde ich ihn zeitweise am Tisch oder sonstwo an. Es ist verblüffend: Sobald er die Leine auch nur sieht, legt er sich hin und fällt in Tiefschlaf. Eric muss wirklich zu seinem Glück gezwungen werden.

Die vermehrte Ruhe tut ihm gut, und das in jeder Beziehung. Er wirkt ausgeglichener, kann sich bei den Übungsstunden besser konzentrieren, und dadurch, dass er nicht ständig meine Aufmerksamkeit besitzt, werde ich als Frauchen wieder interessanter für ihn.

Fazit: Alles braucht seine Zeit, aber die Fortschritte sind nicht zu übersehen.

Die Leber macht's!

Diese Woche ist nach drei Wochen Pause endlich wieder Hundeschule angesagt. Das Wetter meint es nun immer besser mit uns, wir haben zwar kräftigen Westwind, doch der bringt uns wenigstens ein paar Plusgrade mehr. Die Eisschollen und der Schnee auf Wiesen und Wegen schmelzen endlich vollständig weg, dafür stehen wir knöcheltief im Matsch und schauen zu, wie unsere Hunde sich während der Spielrunde darin wälzen. Spaß ist echt was anderes, aber wer will schon zimperlich sein?

Wir werden in zwei Gruppen eingeteilt, und die Übungsstunde fängt an. Eric kann sich herrlich konzentrieren und macht alle Bei-Fuß-Lauf-Übungen mit viel Freude mit. Ob das daran liegt, dass heute die getrockneten Leberleckerlis zum Einsatz kommen, wegen denen unsere Wohnung drei Tage lang gemieft hat? Mief hin, Gestank her – es funktioniert. Neidische Blicke werden uns zugeworfen – was ist das für ein Zauberzeug, welches Durst-Benning ihrem Hund verabreicht?! Bereitwillig verteile ich ein paar Probebröckchen und schaue zu, wie alle Vierbeiner wie verrückt auf die Leber abfahren. Nun gibt's kein Halten mehr, davon wollen alle mehr! Nonchalant teile ich mein Wissen im Bereich »Lebertrocknung und Schneidetechnik« mit allen. Als ich am nächsten Tag in den Supermarkt komme, sind die Lebervorräte leergekauft.

11. Kapitel
Alltag kehrt ein

In den ersten Märztagen tut sich nicht viel Neues: Eric ruht nun immer mehr in sich; während ich diese Zeilen schreibe, schläft er tief und fest im Sessel neben mir, und das seit drei Stunden. Dagegen ist das Wetter so bescheiden wie in den Wochen zuvor, was sich nicht nur auf die Laune von uns Menschen auswirkt. Ich habe das Gefühl, Eric gehen die ewigen Gassirunden bei strömendem Regen auch schon ziemlich auf die Nerven. Lustlos tappt er neben mir her; sobald wir den Wald erreicht haben, wird er immer langsamer, alle paar Meter bleibt er stehen und schaut sich sehnsüchtig in Richtung Heimat um in der Hoffnung, dass ich seine Zeichen endlich kapiere und umdrehe! Manchmal lasse ich mich darauf ein, muss ich zu meiner Schande gestehen.

Der Verbrauch an Handtüchern zum Trockenrubbeln ist enorm, die Waschmaschine läuft ohne Unterlass. Aber nach jedem Spaziergang mit Eric in die Dusche zu gehen, wäre mit noch mehr Aufwand verbunden: Beginnt die Wasserratte erst einmal zu planschen, steht regelmäßig das Badezimmer unter Wasser. Auch bei unseren Spaziergängen drängt er nun immer heftiger in Richtung des Bachs, der an unserem Haus vorbeifließt. Was derzeit nicht ungefährlich ist: Durch die Schneeschmelze und die ständigen Regengüsse ist unser süßes kleines Bächlein, das sonst lieblich vor sich hin mäandert, zu einem reißenden Fluss angeschwollen. Ein Hund könnte ohne weiteres darin umkommen. Eric muss sich also mit Pfützen und Rinnsalen entlang unserer Wege begnügen. Dass diese eisig kalt sind, scheint ihn nicht zu stören. Eines steht für mich fest: Im Sommer muss ein Hundeplanschbecken her.

»Nicht schon wieder«, seufzt mein Mann. »Erinnerst du dich nicht? Bisher haben wir jedem unserer Hunde eine Badewanne in den Garten gestellt. Aber kein Vierbeiner hatte je auf Planschen Lust, und am Ende wurde das Riesenteil lediglich als Megawasserschüssel benutzt.«

Ich schaue meinen Mann tadelnd an und sage: »Bei Eric wird doch alles anders.«

Am kommenden Samstag fällt die Hundeschule wahrscheinlich zum ersten Mal in ihrer fünfzehnjährigen Geschichte wegen Schlechtwetter aus. Und das will wirklich was heißen, denn bisher stellten wir uns unverzagt jedem Wetter. Doch aufgrund der anhaltenden Regenfälle hat sich die einstmals grüne Wiese in einen riesengroßen Matschsee verwandelt. Dort würden wir nicht mehr nur kniehoch in der Pampe stehen, sondern hüfthoch!

Also übe ich mit Eric allein, allerdings stehen auch bei uns alle Wiesen unter Wasser, so dass wir nur auf befestigten Wegen trainieren können. Was für ein Winter! Oder haben wir etwa schon Frühling?! Das Bei-Fuß-Laufen klappt gut, das Sitzen sowieso, ein »Platz!« ringe ich ihm angesichts der Bodenverhältnisse nicht ab. Stattdessen üben wir nun fleißig in der Wohnung weiter.

Märzenwinter

Es ist Ende März. Ich schaue aus dem Fenster und bekomme fast einen Schreianfall. Denn es schneit erneut, die Landschaft ist weiß, anstatt grün und sprießend. Hört das denn nie auf?! Märzenwinter nennen die alten Leute in meiner Straße dieses Wetterphänomen. Mir egal, Eric und ich haben die Schnauze voll von Regen, Schneematsch und Kälte. Wann kommen endlich die Tage, an denen die Terrassentür länger offen stehen kann, der Hund und ich mehr Zeit im Freien als in der Wohnung verbringen? Während wir uns danach sehnen, stapfen wir tapfer weiter durch den (Schnee-)Matsch. Wenn schon mir eingefleischtem »Hundler« das Wetter auf den Geist geht, wie mag es da wohl Leuten ergehen, die zum ersten Mal in ihrem Leben einen Hund bei sich aufgenommen haben? Ein Blick in die stets übervollen Tierheime zeigt, dass sich viele die Hundehaltung so gewiss nicht vorgestellt haben.

Erics Erziehung schreitet dennoch voran, meine auch. Denn inzwischen besuchen wir einen »Junghunde-Intensivkurs«, in dem außer uns nur noch sieben weitere Hund-Halter-Teams angemeldet sind. Die Gruppe besteht zur Hälfte aus Rüden und Hündinnen, alle sind von Welpenbeinen an bestens sozialisiert worden. Endlich angstfrei, lasse ich Eric nach jeder Kursstunde mit allen spielen.

Da der Besuch des Intensivkurses wegen einer Lesung in der letzten Märzwoche ausfallen muss, gönne ich Eric und mir wieder einmal eine Privatstunde mit unserer Trainerin Ingrid. Dieses Mal treffen wir uns in der Hundeschule. Auf dem umzäunten Grundstück lassen wir Eric und die zweijährige Schäferhündin der Trainerin frei herumlaufen. Dann rufen wir die Hunde mitten aus dem Spiel heraus ab. Und tatsächlich – es klappt.

»Wenn du so schwierige Dinge übst wie ›Abrufen unter Ablenkung‹, reichen ein paar lumpige trockene Hundekekse nicht aus. Da muss es im übertragenen Sinn schon der Hasenbraten mit Soße sein«, hatte unsere Trainerin mir im Vorfeld erklärt. Also habe ich brav eine Plastikdose mit Nassfutter gefüllt und halte sie Eric sofort unter die Nase, wenn er auf Zuruf kommt.

Am letzten Sonntag im März steht ein neues Highlight in meinem Hundekalender: Gemeinsam mit circa fünfzehn Hundehalter-Paaren gehen Eric und ich auf einen von der Hundeschule organisierten »Social Walk«. Dieser besteht aus einem eineinhalbstündigen Spaziergang, dem sich eine Spielrunde für die Hunde und Kaffee und Kuchen für uns anschließt. Gespickt wird der Spaziergang, der uns durch Wald und Wiesen und auch ein Stück durchs Dorf führt, mit kleinen Übungen. Nach einer kurzen Einweisung durch die Hundeschulchefin, die uns alle eindringlich ermahnt, die Hunde nicht an der Leine zusammen spielen zu lassen, da hierbei die Gefahr des Verhedderns besteht, geht es los. Anfangs ziehen fast alle Hunde an der Leine, Eric natürlich auch. Zu viele neue Eindrücke prasseln auf mein Hundle und mich ein, jetzt auf korrektes Bei-Fuß-Gehen zu beharren, würde uns beiden den Spaß verderben. Also bleibe ich entspannt, wenn sich die Leine spannt.

Schnell finden sich Grüppchen zusammen, man unterhält sich prächtig, natürlich über Hunde. Es gibt aber auch den einen oder anderen schwerpubertierenden Jungrüden, der sich mit seinem Nächsten anlegen möchte. Ingrid hat aber auch darauf einen Blick und weist die Halter an, sich ans vordere und hintere Ende der Gruppe zu verteilen. So kehrt schnell wieder Frieden ein. Nach einer halben Stunde laufen alle Vierbeiner entspannt an lockerer Leine – ein tolles Erlebnis!

Als sich der »Social Walk« dem Ende nähert, fechte ich wieder heftige Kämpfe mit mir aus: Soll ich oder soll ich nicht? Eric lief jetzt fast zwei Stunden an der Leine, eigentlich hat er eine Runde freies Spiel verdient. Aber die großen Rüden … Am Ende bin ich mutig und lasse ihn mitspielen. Noch nie hat eine Tasse Kaffee so gut geschmeckt, noch nie war ein Stück Hefekuchen so lecker wie nach diesem aufregenden Hundespaziergang! Ich stelle meine Kaffeetasse jedoch eilig ab, als es auf dem Spielfeld zwischen drei Rüden zu einem kleinen Gerangel kommt. Alles, was sich während des Spaziergangs an unterschwelligen Ressentiments aufgestaut hat, entlädt sich nun. Entsetzt starre ich auf das Knäuel von großen Hundeleibern. Was, wenn Eric dazwischengerät?! Noch entsetzter schaue ich auf unsere Trainerin, die mit wachem Blick danebensteht, aber nicht eingreift. Nach kurzer Zeit gehen die Streithähne auseinander, ohne dass irgendeinem auch nur ein Härchen gekrümmt worden ist. Viel Lärm um nichts. Ich schenke mir Kaffee nach und frage mich, ob ich jemals lerne, eine solche Situation realistisch einzuschätzen, anstatt vor Angst fast zu sterben. Zu meiner Erleichterung hat Eric während der Rüpel-Rangelei Sicherheitsabstand gehalten und lieber mit einem anderen Kumpel Fangen gespielt. Nun aber kommen zwei der Rüpel auf ihn zu, nehmen ihn in die Zange. Klein-Eric klemmt den Schwanz ein. Die Rüden wenden sich gelangweilt ab. Junges Gemüse – nicht der Rede wert!

Nach einer Viertelstunde laufe ich in Richtung Ausgang. Dort rufe ich Eric zu mir. Und – er kommt! Was unsere Trainerin Ingrid und ich in der Privatstunde entspannt geübt haben, klappt nun auch in der verschärften Alltagssituation. Ich bin überglücklich.

Wieder daheim, schläft Eric den ganzen Nachmittag. Seine Pfoten zucken ständig im Schlaf, er stößt kleine Seufzlaute und »Wuffs!« aus.

Der März klingt mit einem weiteren Erfolgserlebnis aus. Beschwingt durch die Abruferfolge in der Hundeschule, traue ich mich endlich, Eric von der Leine zu lassen. Natürlich nur auf Wegstücken, auf denen ich eine gute Fernsicht habe und die weitab von Straße und Bahnstrecke liegen. Und nur dann, wenn wir zwei gerade die einzigen Lebewesen auf unserem Planeten sind. Wir spielen, ich verstecke Leckerlis für ihn, wir gehen auch einmal ein Stück ohne große Worte. Zwischendurch rufe ich ihn zu mir, und er darf sich einen Happen Nassfutter aus dem Plastikschälchen holen. Jackpot!

Noch im Februar hatte ich Eric ohne Leine absolut nicht unter Kontrolle. Als ich ihn damals völlig arglos von der Leine ließ, rannte er sofort davon, und ich konnte ihn nur mit List und Tücke wieder einfangen. Inzwischen jedoch ist unsere Bindung stark genug, dass ich mich auf die unsichtbare Leine verlassen kann.

Wie viel Deutsch kann ein acht Monate alter Hund?

Diese Frage stelle ich mir Ende März. Ich beginne zu zählen. Da wären einmal die klassischen Begriffe:

Sitz!
Platz!

Fuß!
Hier!
Bleib!
Such!
Komm!
Pfui!
Aus!
Nein!
Schluss!

Elf Kommandos – viel oder wenig? Irgendwie kommt mir das eher dürftig vor, aber Eric kennt ja zusätzlich noch eine Reihe längerer Sätze:

Trink Wasser! (Eric geht zum Wassernapf und säuft.)
Willst du in den Garten?
Mach Pipi!
Mach Kacki! (Sorry, aber auch dafür braucht es einen Namen.)
Gib Pfote!
Steh!
Warte!
Komm, wir gehen heim. (Wenn's irgendwo besonders schön – oder besonders doof – ist.)
Komm, wir gehen Gassi.
Jetzt kommt das Herrchen!
Bleib schön hier, Frauchen kommt bald wieder.
Jetzt gehen wir schlafen. (Eric tapst daraufhin ins Schlafzimmer.)
Wo ist die Maus? (Eric fängt an zu buddeln. Nicht so toll, ich weiß. Aber wenn's doch Spaß macht!)
Willst du einen Keks? (Eric spurtet zum Leckerlischrank.)
Wo ist dein Knochen? (Eric fängt an zu suchen.)

Jetzt gibt es Happi. (Eric rennt in die Küche.)
Wo ist das Püppi?/der Knochen?/das Schweinchen?

Ich komme auf circa dreißig Befehle und Sätze. Zugegeben, damit kommt Eric nicht an den Border Collie heran, der einst bei Günther Jauch – oder war es bei *Wetten dass …?* – aus über hundert Spielzeugen auf Zuruf jeweils das richtige herbeiholte. Aber dreißig Worte sind auch nicht übel – so viel beherrsche ich in keiner Fremdsprache, außer in Englisch. Ist es nicht unglaublich, wie klug unsere Hunde sind?

Unsere Hundeschultrainerin behauptet zwar, wir würden alle zu viel mit unseren Hunden reden. Und dass ein ständiger Redeschwall nicht gut wäre, weil der Hund dann im entscheidenden Moment nicht mehr auf uns hört. Ich sehe das anders und freue mich daran, wie gut mein Hund mich schon versteht.

Hier noch zwei Zahlen für die Statistik:

Eric hat immer noch 59 cm Schultermaß, ist also nicht weiter in die Höhe gewachsen. Dafür wiegt er jetzt endlich genug. Auch das eine unglaubliche Leistung: In nur acht Monaten legte Eric also zwanzig Kilo Gewicht zu. Trotz steter Gewichtszunahme habe ich das Gefühl, er ist noch schlanker geworden. Ist nun der Babyspeck weg? Wenn ja, welcher?

Das Thema »Beifahrer im Zweisitzer« habe ich mir angesichts von Erics stattlichem Schultermaß von fast sechzig Zentimetern inzwischen abgeschminkt. Mit meinem Rennflitzer kann ich vielleicht zu Lesungen fahren – für den Hundeplatz ist er nicht geeignet. Ob ich die Zähne zusammenbeißen, ein wenig tiefer ins Portemonnaie greifen und nur für Eric einen silberfarbenen Geländewagen aus Bayern bestellen soll?

Eric braucht einen Hundesitter

Mit den ersten Frühlingssonnenstrahlen erreichen uns schlechte Nachrichten: Meine Mutter muss ins Krankenhaus. Sie hat eine schwere und gefährliche Operation vor sich, es ist nicht die erste. Bisher haben wir als Familie solch schwierige Zeiten immer gut überstanden, weil wir zusammenhalten und füreinander da sind. Daran soll sich auch jetzt nichts ändern. Für mich heißt es nun jedoch, zuerst einmal ein paar organisatorische Dinge zu regeln. Von meinem Wohnort aus fahre ich eine Dreiviertelstunde nach Stuttgart, am Krankenbett möchte ich ein bis zwei Stunden bleiben, für den Heimweg brauche ich meist wegen des Berufsverkehrs etwas mehr Zeit als für den Hinweg. Das bedeutet, dass ich in den nächsten Wochen fast täglich vier Stunden von zu Hause weg sein werde. Das kann und will ich meinem Junghund nicht zumuten. Ein Hundesitter muss her!

Nun mag es so sein, dass man in Berlin nur die Zeitung mit den Kleinanzeigen aufschlagen muss, um eine Vielzahl einschlägiger Angebote zu bekommen. Hunde hüten gegen Geld? Bei uns auf dem Land gibt es das in dieser Form nicht. Solche kleinen Gefälligkeiten regelt man innerhalb der Familie oder mit Hilfe von Freunden. Würde ich auch gern, nur ist meine Familie genauso eingespannt wie ich, wenn nicht noch schlimmer. Und meine Freundinnen arbeiten; Zeit, um mit Eric zu spielen, hat keine. Also beginne ich mich in der Nachbarschaft und bei befreundeten Hundehaltern umzuhören. Und finde tatsächlich kurze Zeit später eine junge Frau, selbst Hundebesitzerin, die arbeitssuchend ist und sich bereit erklärt, auf Eric aufzupassen, während ich ins Krankenhaus zu meiner Mutter fahre.

Wir treffen uns zu einem Vorgespräch, die junge Frau ist mir sympathisch, und Eric findet sie ebenfalls klasse, denn sie lässt sich sofort auf seine Spielaufforderung ein und wirft fleißig Bällchen für ihn. Auch was sie von ihrem Hund erzählt, gefällt mir gut, sie scheint Erfahrung und Gefühl für Lebewesen zu haben. Dennoch fällt es mir unglaublich schwer, meinen Hund in ihre Obhut zu geben. Hört man nicht immer wieder Horrorgeschichten von Hunden, die völlig verstört aus Tierpensionen zurückkehren? Oder von Hunden, die vom Dogsitter einfach ins Bad gesperrt oder irgendwo angebunden werden, während Madame oder Monsieur den Kühlschrank plündert oder Dauertelefonate führt? Klar, das sind Einzelfälle, Ausnahmen unter Tausenden – schwarze Schafe gibt es schließlich überall. Aber ausgerechnet jetzt kommen sie mir in den Sinn.

Ich habe jedoch keine andere Wahl, als mich auf die Sache einzulassen. Das Wohl meiner Mutter geht vor, ich will ihr unbedingt zur Seite stehen. Und Eric ist inzwischen groß und gelassen genug, um mit einer solch neuen Situation umgehen zu können. Vielleicht tut es ihm sogar gut, außer mir auch einmal eine andere Bezugsperson zu haben?

Mein Dogsitter stellt sich als guter Griff heraus, Eric ist jedes Mal, wenn ich nach Hause komme, völlig entspannt. Und ich bin es auch, denn ob ich eine halbe Stunde länger im Krankenhaus bleibe oder in einen Stau gerate, ist völlig egal – Eric ist schließlich versorgt. Mein Hundesitter ist glücklich, sich ein kleines Taschengeld dazuverdienen zu können. Auch versorge ich sie jedes Mal mit einem Stapel Zeitschriften und Taschenbüchern, die Thermoskanne

Kaffee steht bereit, dazu ein bisschen Süßkram – so lässt es sich doch aushalten, oder?

Seit langer Zeit muss ich zum ersten Mal nicht auf die Uhr schauen. Und so gönne ich mir im Anschluss an den Krankenbesuch sogar ab und zu eine Tasse Cappuccino in Stuttgart. Endlich ist der Frühling da! Die Königstraße ist zur Flaniermeile geworden, die neue Mode lockt, die Auslagen der Buchhändler sowieso – Leute, das Leben ist schön!

Vier Wochen später wird meine Mutter geheilt aus dem Krankenhaus entlassen. Und nur eine Woche später verkündet mir mein Dogsitter freudestrahlend, dass sie einen neuen Job gefunden habe. Ich gratuliere und freue mich von ganzem Herzen mit ihr. Nie hat sie mich in den vergangenen Wochen auch nur einmal im Stich gelassen, nie ist sie auch nur fünf Minuten zu spät gekommen – es wäre eine Schande, wenn eine so verantwortungsvolle, liebenswerte junge Frau länger in der Arbeitslosigkeit hätte verharren müssen.

Alles hat sich zum Guten gewendet, und dazu habe ich die schöne Erkenntnis gewonnen, dass sich mittels guter Organisation alles managen lässt – ich bin glücklich!

12. Kapitel

Die Fütterung – eine Wissenschaft für sich

Nun, da die größte Sorge um meine Mutter vorbei ist, ist mein Kopf wieder frei für andere Dinge. Und es stehen einige Themen an, vorrangig ist für mich jedoch das Thema Fütterung. Denn Eric leidet nach wie vor häufig an Durchfall – ein Zustand, den ich so nicht akzeptieren möchte. Eine Untersuchung beim Tierarzt ergibt, dass Erics Bauchspeicheldrüse gut funktioniert. Es liegt kein Leberschaden vor, im Kot finden sich keine Parasiten, und auch sonst ist alles in Ordnung. Danach bin ich genauso schlau wie vorher und weiß immer noch nicht, was die Ursachen für Erics Durchfall sind. Vielleicht doch eine Futtermittelallergie? In diesem Fall gibt es keine andere Möglichkeit, als auszuprobieren und genauestens zu beobachten.

Welpenfutter, Futter für heranwachsende Hunde bis sechs Monate, Futter für heranwachsende Hunde zwischen sechs und zwölf Monaten, Futter für groß werdende Hunde, Futter für klein bleibende Hunde – wer einmal in einer Tierfutterhandlung vor den nicht enden wollenden Regalen stand, weiß, wovon ich spreche … Einen Hund zu füttern, ist heutzutage eine Wissenschaft! Nun ist es ja nicht so, als ob Eric unser erster Hund wäre. Das Thema Fütterung ist mir kein gänzlich unbekanntes Thema, meine Coautorin Carola Kusch und ich haben uns dazu in diversen Büchern und Zeitschriftenartikeln eingehend ausgelassen. In Erics Fall bringt mich das alles leider nicht weiter, denn längst habe ich diverse Futtersorten sowie Variationen der Futtergabe ausprobiert. Ich fütterte wochenlang Trockenfutter allein, wovon sein Durchfall eher schlimmer wurde. Daraufhin gab ich ihm eine Zeitlang Nassfutter mit eingeweichten Haferflocken, diese Mischung schien er ebenfalls nur schwer verdauen zu können. Dann nur Nassfutter – alles natürlich in allerbester Qualität, das versteht sich von selbst. Ohne Konservierungs- und Farbstoffe und ohne Zucker. Es ist beileibe nicht so, dass ich mich allein auf die bunten Etiketten mit den grinsenden Labradorwelpen verlasse, und jede Marke, die im Fernsehen beworben wird, lasse ich sowieso links im Regal liegen. Das Kleingedruckte lese ich ebenfalls, weiß über Kalzium- und Eiweißgehalt Bescheid und darüber, was essentielle Fettsäuren und andere Zusatzstoffe leisten. Aber mein ganzes Wissen hilft nicht! Was immer ich ausprobiere – Eric hat ein, zwei Tage normalen Stuhlgang, danach wieder Durchfall. Wie soll so ein kräftiger gesunder erwachsener Hund aus ihm werden?

Dazu kommt, dass er ein schlechter Fresser ist. Oftmals lässt er seine Schüssel halbvoll stehen. Die meisten der von mir angebotenen Leckerlis in Form von Ochsenziemern, Hundekeksen, getrockneten Schweineohren etc. mag er nicht. Auch mit Würstchen ist unser Hund nur schwer hinterm Ofen hervorzulocken. Viele Lebensmittel scheinen ihm einen regelrechten Ekel zu verursachen, dazu gehören ausgerechnet Nudeln. Und das bei uns im Schwabenland! Und wehe, er findet irgendwo eine Rosine! Angewidert wird dann das Stück Hefezopf ausgespuckt, das er uns zuvor abgebettelt hat. Dazu eine Miene, als wollten wir ihn vergiften. Igittt, eine Rosiiiiine!!!

Für uns ist Erics Fressverhalten etwas ganz Neues, all unsere bisherigen Hunde waren so verfressen, dass wir ständig am Mäßigen waren. Bei Eric jedoch freuen wir uns über jeden Bissen, den er zu sich nimmt.

Liegt sein Fressverhalten in seiner Herkunft begründet? Viele ehemalige Straßenhunde sind schlechte Fresser, erfahre ich von der freundlichen Dame in meiner Futterhandlung. Sie ist selbst auch Besitzerin eines Findelhundes und erklärt mir, dass Hunde, die sich in ihrem früheren Leben von Speiseresten ernährt haben, vor artgerechtem Futter zurückschrecken, weil sie es nicht kennen. Pizzareste, das Gerippe eines Brathuhns, Reste aus der Imbissbude – das war die Kost, die sie am Leben hielt. Erics Mutter war eine Straßenhündin in Budapest, auch sie musste das von der Straße aufnehmen, was irgendwie fressbar erschien. Doch Eric und seine Geschwister sind in der Tötungsstation zur Welt gekommen, er kennt das Leben auf der Straße nicht. War vielleicht der Ernährungszustand von Erics Mutter so schlecht, dass sie ihren Welpen eine schlechte »Fress-Konstitution« vererbt hat?

»Vergiss doch endlich das ganze Fertigfutter!«, rät mir eine Freundin. »Schau dir an, was Wölfe in der freien Natur fressen. Gekochte Nahrung kommt bei denen nicht auf den Tisch. Rohes Fleisch und Innereien, rohe Knochen, dazu rohes Obst und Gemüse, kalt gepresste Öle, Keime und Nüsse – das ist artgerechtes Hundefutter!«

Diese Art der Fütterung hat einen Namen: BARFEN.

Meine Freundin *barft* schon seit über zehn Jahren, sie hat dies zu einer Zeit begonnen, als BARFEN (Bones and Raw Food) noch lediglich ein vereinzelt auftretender Spleen aus Australien und Amerika war. Seit dieser Zeit sind auch mir die Grundkenntnisse dieser Fütterungsart vertraut. Und seit damals schrecke ich vor dem damit verbundenen Aufwand zurück. Wer sich einmal einen Fütterungsplan für BARFER aus dem Internet heruntergeladen hat, weiß, wovon ich spreche. Sicher, heutzutage gibt es unzählige Arten, an rohes Fleisch samt Innereien zu kommen, ich muss nicht mehr zwingend den Metzger meines Vertrauens bezirzen, damit er mir in der Schlachterei grünen Blättermagen zur Seite legt. Im Internet gibt es unzählige Lieferanten, die Rind-, Pferde-, Ziegen-, Kaninchen- und Lammfleisch in 500-Gramm-Packungen per Abonnement vertreiben. Sogar abgefüllt in Dosen gibt es das rohe Fleisch inzwischen. Aber ist Rohfütterung für einen jungen Hund mit sensiblem Magen, der zudem ein mäkeliger Fresser ist und nur wenig an Substanz zulegt, das Richtige? Noch zweifle ich.

Ich erwäge, Diätfutter zu kaufen, doch auch hiervor schrecke ich zurück. Wird ein schwacher Magen-Darm-Trakt durch die Gabe von Diätfutter nicht noch weiter geschwächt? Wenn ich jetzt mit Spezialfutter anfange, kann ich das womöglich für die nächsten zwölf, fünfzehn Jahre so weiterbetreiben.

Ich beschließe stattdessen, das Gegenteil zu tun, und zwar den Magen-Darm-Trakt zu stärken! Auf meiner Suche nach einem dafür geeigneten Nahrungsergänzungsmittel stoße ich auf viele undefinierbare Pülverchen, Tabletten und Gels. Und finde schließlich flüssiges Moor. Schwarzes, flüssiges Moor, das aussieht, als hätte man es gerade mit einer Schöpfkelle einer sumpfigen Moorlandschaft entnommen. Eric ist begeistert von der schwarzen Pampe im Futter. Schon nach wenigen Tagen wird sein Kot schwarz und endlich ein wenig fester. Ganz bekomme ich den Durchfall durch das Löffelchen Moor im Futter nicht weg, aber einen sehr angenehmen Effekt hat diese Beifütterung immerhin: Eric lässt bei unseren Spaziergängen Pferdeäpfel, Kuhmist und andere Ekelfaktoren immer öfter links liegen. Auch frisst er im Garten keine Erde und keine Holzspäne mehr. Anscheinend sind im Moor Mineral- und

Zusatzstoffe enthalten, die in seinem bisherigen, von mir sorgfältig ausgesuchten Futter fehlten.

Nach monatelangem Ausprobieren komme ich schließlich zu folgendem Schluss. Eric verträgt es definitiv nicht, wenn ich Trockenfutter und Nassfutter zusammen in einem Mahl verabreiche. Der Grund ist logisch: Nassfutter ist wesentlich schneller verdaulich als Trockenfutter. Der Magen-Darm-Trakt wird dadurch in einen Konflikt gebracht, den er mit Durchfall beantwortet. Also gibt es nun morgens Nassfutter, mittags ein bisschen Trockenfutter und abends wieder Nassfutter. Außerdem steige ich auf ein Trockenfutter um, das weder Weizen noch Hafer enthält – beide Getreidearten können beim Hund Allergien und Futtermittelunverträglichkeiten auslösen. Die benötigten Kohlehydrate werden beim neuen Futter von Kartoffeln und Reis geliefert.

Der Wechsel bekommt Eric. So langsam wächst meine Hoffnung, dass doch noch alles gut wird.

Auf der Suche nach ein paar Ostergedichten zum Verschenken stoße ich im Internet auf ein schönes hündisches Gedicht von Armin Bremicker und Katharina Kern, angeregt von Gertrude Stein:

»Ich bin ich, weil mein kleiner Hund mich kennt. Es gibt sie auf allen Kontinenten. In treuer Freundschaft leben sie lasterhaft. Ihre Welt ist in Ordnung, wenn sie sie einordnen können. Ordnung ist ihr ganzes Leben. Sie treiben es bunt und sehen doch nur schwarz-weiß. Sie wollen sich anpassen, während sie aufpassen. Dem einen dienen sie, die anderen beherrschen sie. Ihr Wunsch ist ein Befehl. Wer befiehlt, dem folgen sie. Blind vertrauen sie ihrem Führer. Blinde

vertrauen ihrer Führung. Sie leben in Tonnen und Palästen. Einmal folgen, ein andermal verfolgen sie uns. Was wir wegschmeißen, bringen sie uns immer wieder zurück. Mit spielerischer Freude und wachsender Begeisterung. Die ewige Wiederkehr des Gleichen – seit Tausenden von Jahren. Wir lieben sie, weil wir uns lieben. Wir hassen sie, weil wir uns hassen. In ihrer Art sind sie uns fremd, in ihrem Wesen vertraut. Die Hunde, mit denen wir eine höchst komplexe und ambivalente Beziehung eingegangen sind, eine Symbiose mit den Zügen einer Verwechslungs-Tragik-Komödie.«
(Armin Bremicker/Katharina Kern, atelier bremicker. kern [Auszug aus dem Ausstellungskonzept »Ich bin ich, weil mein kleiner Hund mich kennt« Weimar/Berlin, 2001])

Schön, was meine Schriftstellerkollegen da geschrieben haben.

Statt Osterausflug – der Ostereier-Trail

Schon vor Wochen habe ich Eric und mich zum Ostereier-Trail der Hundeschule angemeldet, zur Feier des Tages geht sogar mein Mann mit. Während in den Vorgärten der Stadt die Kinder eifrig am Ostereiersuchen sind, machen sich acht Hunde samt Frauchen und Herrchen bei strahlendem Wetter auf in Richtung Wald. Dort hat die Hundeschulchefin zuvor Bäume markiert und in deren Umfeld Plastikdosen mit Nassfutter versteckt. Und zwar so, dass wir Menschen sie nicht mit bloßem Auge entdecken können. Wir sind tatsächlich auf die gute Nase unserer Hunde angewiesen, die den Duft des Nassfutters durch die mit

Löchern präparierten Dosendeckel erschnüffeln können – der eine mehr, der andere weniger gut. Eric ist unser Held! Er findet beide für ihn bestimmten Döschen auf Anhieb und darf beide natürlich auch auslecken. Frohe Ostern!

Als Nächstes folgt eine Anfängerübung aus dem Bereich des »Mantrailings«, der sogenannten Königsklasse im Suchhundetraining: Dafür mussten wir je zwei getragene Kleidungsstücke, verpackt in eine saubere, geruchlose Plastiktüte, mitbringen. Während unsere Hundeschulchefin Eric an der Leine hält – der heftig dagegen protestiert –, renne ich in den Wald und verstecke mich. Auf halbem Weg lasse ich eines der beiden Kleidungsstücke fallen, als Orientierungshilfe für Eric. Unsere Trainerin lässt ihn dann am zweiten Kleidungsstück riechen. Mit dem Kommando »Such!« lässt sie ihn von der Leine los. Auch bei dieser Übung kommt Eric seine Jagdhundnase zu Hilfe. Seine Suche nach mir verläuft bilderbuchhaft, er setzt dabei nicht nur seinen Geruchssinn ein, sondern auch seine Ohren und seine Augen.

Mantrailing – das würde mir Spaß machen! Leider gibt es für diese Art des Suchhundetrainings in ganz Deutschland bisher nur wenige Ausbildungsmöglichkeiten; die ganze Sportart ist noch relativ unbekannt. Vielleicht ist ja Fährtenarbeit eine Alternative? Es wäre jedenfalls schade, wenn ich Erics angeborene Fähigkeiten einfach so verkümmern ließe. Ich nehme mir vor, das Thema im Hinterkopf zu behalten.

Das dritte Spiel an diesem Tag hat natürlich auch mit dem Thema »Suchen« zu tun. Es erinnert uns alle an ein Kinderspiel vergangener Tage: das »Topfschlagen«, bei dem der Suchende, dem die Augen verbunden waren, von den anderen Mitspielern mit »Heiß!«- und »Kalt!«-Rufen angefeuert bzw. in die richtige Richtung geleitet wurde. Bei uns funktioniert das so: Hundeführer A versteckt auf einem vorher festgelegten Stück Wiese eine präparierte Futterdose. Hundeführer B, der währenddessen samt Hund hinter einer Ecke verschwunden sein musste, beginnt nun die Suche, die anderen feuern ihn an.

Nach eineinhalb Stunden im Wald spazieren wir zurück zum Übungsgelände. Dort hat eine gute Fee schon einen Tisch mit Kaffee und Kuchen für uns gedeckt. Für die Hunde stehen Wasserschüsseln bereit, und nach einer kurzen Erholungspause gibt es schon das nächste Suchspiel: Endlich geht's ans Ostereiersuchen! Nun sind wir Frauchen und Herrchen genauso gefragt wie unsere Hunde, denn die Körbchen, die unsere Trainerin zusammengestellt und versteckt hat, sind fürs ganze Hund-Halter-Team gedacht. Rasch wird jedem Team eine eigene Suchfläche von ein paar hundert Quadratmetern zugeteilt, und los geht's!

Glücklich und mit einer Ausbeute an Hunde- und Menschenleckerlis ziehen wir schließlich von dannen.

Das erste Osterfest mit Eric – schön war's!

13. Kapitel

Das Leben mit Eric ist wie eine Wundertüte

Es ist Mai, ich sitze gemütlich in der Lounge-Ecke im Garten, lackiere meine Fußnägel und erfreue mich an der Tatsache, dass ich in höchstens zwei Wochen das Manuskript für meinen Roman abgeben kann. Die berühmten vier Großbuchstaben »ENDE« habe ich schon unter meinen Text gesetzt, nun möchte ich die über 500 Seiten ein letztes Mal in aller Ruhe überarbeiten. Und dann –

Plötzlich rast Eric wie ein Irrer durch den Garten einer Katze hinterher und reißt mich jäh aus meinen träumerischen Gedanken. Schnell rappele ich mich auf und haste in den hinteren Teil des Gartens, wo es anscheinend längst zum Gerangel gekommen ist. Die Katze faucht, Eric schreit und fiept gotterbärmlich. Am Tatort angekommen, finde ich einen vor Angst schlotternden Hund vor, dem das Blut aus der Nase bis über die Beine läuft. Er niest ständig und keucht, einen Moment lang bin ich mir nicht sicher, ob dies die Auswirkungen seiner Katzenjagd sind oder nicht doch ein Wespenstich ins Maul oder in die Nase. Beides ist gefährlich! Abwarten traue ich mich nicht, was, wenn seine Schleimhäute bei einem allergischen Schock anschwellen und er keine Luft mehr bekommt? Also heißt es mit den frisch lackierten Fußnägeln rein in die Galoschen, den Hund ins Auto und los zum Tierarzt. Von unterwegs rufe ich an:

»Bitte keine Mittagspause machen, ich komme gleich!« Begeistert wird darüber keiner sein. Aber mein Tierarzt kennt mich und weiß: Wenn ich komme, dann hat dies seinen Grund. So auch an diesem Tag. Eric hat zwar tatsächlich »nur« eine Katzenohrfeige abbekommen, die aber direkt ins linke Nasenloch. Bei unserer Ankunft in der Tierpraxis ist es inzwischen vollkommen zugeschwollen. Er schnauft und niest so heftig, dass die feinen Kapillaren in seiner Nase platzen und ihm deshalb das Blut herausläuft. Auch scheint er starke Schmerzen zu haben, wofür sein heftiges Sabbern spricht. Vor lauter Angst pieselt er auch noch mitten ins Wartezimmer. Nach der Untersuchung bekommt er zwei Spritzen, eine zur Stärkung der Abwehrkraft, sie soll einer möglichen Infektion vorbeugen, eine zweite zum Abschwellen der Schleimhäute. Sollte es dem Hund nicht binnen weniger Stunden bessergehen, muss ich wiederkommen, sagt mein Arzt zum Abschied. Er verschreibt ihm absolute Ruhe und viel Seelenmassage.

Eric und ich verbringen den Nachmittag im abgedunkelten Schlafzimmer. Draußen scheint die Sonne von einem wölkchenblauen Himmel – schade um das schöne Wetter ...

Als wir am nächsten Tag auf dem Spaziergang eine Katze sehen, zieht Eric auf die andere Straßenseite. Hund und Katz werden in diesem Fall wohl keine Freunde mehr werden.

Summer in the city

Unsere nächste Übungsstunde findet nicht in der Hundeschule statt, sondern in der Stadt. Ende Mai hat das Wetter wieder einmal umgeschlagen, seit Tagen regnet es ohne

Unterlass. Da kommt mir das Stadttraining gerade recht, denn ich habe einfach keine Lust mehr, durch Schlamm zu waten.

Kurze Zeit später wünsche ich mir die Schlammwiese sehnsüchtig zurück. In der Stadt herrscht hektischer Freitagabendverkehr. Kinder kreischen, Fahrräder rasen quer durch die Fußgängerzone, Passanten mit riesigen Einkaufstüten hetzen an uns vorbei. Die Springbrunnen plätschern, aus manchen Läden dröhnt Musik, die Dönerbude duftet verführerisch, am Würstchenstand hat jemand den halben Inhalt seiner Pommestüte verloren. Erst jetzt, mit Eric an meiner Seite, merke ich, wie hektisch die Stadt ist. Ich sehe und erlebe alles quasi aus hündischer Sicht, eine spannende Erfahrung! Mein Hund ist völlig überfordert, er schaut hierhin und dorthin, will Autos jagen und an Plastiktüten schnüffeln. Und auf dem Boden liegende zertretene Pommes essen will er natürlich auch.

Auch die anderen Hunde unserer Gruppe sind schrecklich aufgeregt, fast alle haben vergessen, was Leinenführigkeit bedeutet, kaum einer kriegt ein »Sitz«, geschweige denn ein »Platz« hin.

»Das funktionierte auf dem Hundeplatz doch prima!«, rufen die verzweifelten Besitzer. Unsere Trainerin grinst. Es ist eben ein Unterschied, ob man auf der grünen Wiese trainiert oder in der Stadt. Spontan setzt sie für die kommende Woche ein weiteres Stadttraining an. Wie schade, dass ich aufgrund einer Lesung nicht dabei sein kann.

Am Abend kehren wir völlig erschöpft nach Hause zurück. Eric frisst seinen Napf leer und ward danach nicht mehr gesehen. Ich habe Rückenschmerzen und lege mich in die heiße Wanne. Dass mein Hund so an der Leine ziehen kann, wusste ich bis dahin auch noch nicht.

Mir hat diese Stadtrunde eines ganz klar gezeigt: Wenn

wir wirklich vorhaben, mit unserem Hund in ein oder zwei Jahren Urlaub im Schwarzwald, im Allgäu oder am Bodensee zu machen, müssen wir ihn schon jetzt dringend an die Stadt gewöhnen. Wir können nicht das ganze Jahr über Wiesen und Auen spazieren und dann für zwei Wochen im Jahr vom Hund erwarten, dass er sich einer belebten Ferienregion anpasst.

Unsere Trainerin sieht das genauso. Sie gibt uns folgenden Tipp: »Lauft nicht stundenlang durch die Stadt, sondern setzt euch irgendwo hin und lasst den Hund eine halbe Stunde lang schauen. Er soll die vielen Eindrücke in sich aufnehmen und in Ruhe verarbeiten können.« Diesen Tipp beherzigen wir gleich am kommenden Sonntag, indem wir ins Nachbarstädtchen fahren, uns ein Eis holen und es auf einer Bank am Marktplatz genießen. Eric ist natürlich mit von der Partie!

Erics Nase heilt nach der Katzenattacke nur langsam, er ist äußerst empfindlich, kann keine Bälle aufheben oder Stöckchen herumtragen.

Und auch in puncto Fütterung muss ich einen Rückschlag verkraften, denn leider hat der Erfolg mit dem neuen Trockenfutter nicht angehalten. Schon nach wenigen Tagen bekam Eric erneut Durchfall. Allmählich steigt in mir die Vermutung auf, dass Eric schlicht und einfach einen nervösen Magen-Darm-Trakt hat. »Reizdarm« nennen wir Menschen es, wenn wir unter Stress ständig die Toilette aufsuchen müssen, auch hier sucht ein Arzt vergeblich nach medizinischen Ursachen. Pure Nervosität lässt sich nun einmal in keiner Stuhlprobe und in keinem Blutbild ablesen. Und Eric ist nach wie vor ein nervöser, unruhiger Hund, der stark auf Außenreize reagiert und trotz aller von mir verordneten Ruhephasen noch immer schwer zur Ruhe kommt. Je länger ich darüber nachdenke, desto wahrscheinlicher erscheint mir meine neue »Diagnose«. Aber dabei belassen kann und mag ich die Sache nicht, denn schließlich soll aus Eric ein gesunder, kräftiger Hund mit guten Widerstandskräften werden. All die Fertigfutter, die ich ausprobiert habe, scheinen dafür jedoch nicht geschaffen. Also beschließe ich: Ab jetzt koche ich selbst. Und zwar Reis, zu dem ich abwechselnd Möhren, Zucchini oder Erbsen gebe. Dieses Reis-Gemüse-Gemisch ergänze ich durch hochwertiges Dosenfleisch und Mineralstoffpulver für ein gesundes Knochenwachstum. Parallel dazu sorge ich für noch mehr Ruhephasen, in denen sich Erics gestresster Organismus erholen kann.

Und endlich, endlich geschieht das Wunder: Erics Magen-Darm-Trakt beruhigt sich. Ich habe das Gefühl, dass ihm die neue Ernährung so gut bekommt wie keine andere zuvor. Nun, da er keinen Durchfall mehr hat, wirkt er kräftiger und nicht mehr so erschöpft, sein Blick ist wach, sein Fell glänzt. Endlich! Der Wendepunkt ist erreicht, von nun an geht's aufwärts. Was den Mehraufwand angeht – so what?! Koche ich halt die nächsten fünfzehn Jahre Reis und Gemüse.

Nach kurzer Hundeplatzabstinenz (man beachte das Wort! Ja, das Training hat mir echt gefehlt), bedingt durch meine Lesereise bin ich erst bei der letzten Unterrichtsstunde unseres Junghundekurses wieder dabei. Unsere Trainerin Ingrid ruft nochmals alles ab, was wir bis dato gelernt haben sollen: ordentliches Bei-Fuß-Gehen an lockerer Leine, sauberes Absitzen, »Sitz« und »Bleib« mit darauffolgendem Abrufen und Vorsitzen. »Platz« und »Bleib«. Klappt alles.

So weit die Pflicht. Nun jedoch kommt die Kür. Unsere

Trainerin legt im Abstand von drei Metern zwei Teller ab. Auf den Tellern liegen vom mittäglichen Grillfest übriggebliebene Bratwürste. Wir sollen mit unseren Hunden zwischen den beiden Würstchentellern hindurchlaufen, ohne dass es zu Fressattacken kommt. Eine ähnliche Übung habe ich erst kürzlich in Günther Jauchs *Stern-TV*-Sendung gesehen. Während der Hund von Sonja Zietlow brav jeder kulinarischen Verführung trotzte, ließ sich Oliver Pochers Vierbeiner die Leckereien schmecken. Ich bin wirklich gespannt, wie unsere Hunde abschneiden.

Die ersten drei Hunde laufen mit ihren Frauchen souverän durch den Bratwurstparcours. Natürlich wird hier und da geschnuppert, dumm sind unsere Viecher schließlich nicht. Aber keiner zieht an einen der Teller heran.

Dann sind Eric und ich an der Reihe. Mit loser Leine und einem Leckerli in der Hand gelingt es mir, Eric an den Verführungen vorbeizusteuern. Ich bin stolz wie Bolle!

Als Nächstes ist Erics Kumpel Fritzle dran, er schnappt sich die Bratwurst und vertilgt sie mit einem Happs. Wir lachen, und Fritzle wedelt wie wild mit seinem Schwanz.

Alles in allem haben wir richtig viel gelernt in den letzten Wochen und Monaten. Aus ungestümen Welpen sind einigermaßen guterzogene Junghunde geworden. Wenn ich selbst einschätzen müsste, wo Eric und ich ausbildungstechnisch liegen, würde ich sagen: Irgendwo in der Mitte. Eric kann sich ein bisschen besser konzentrieren als sein Kumpel Fritzle, und er ist ein bisschen leichter zu führen als der große Retrieverrüde, der mit seinen dreizehn Monaten gerade heftig am pubertieren ist und so manchen Kampf mit seinem Besitzer ausficht. Aber so gut wie die Neufundländerhündin, die ihre Halterin regelrecht anbetet, läuft Eric mit mir nicht. Und so gehorsam wie die weiße, sehr schüchterne Wuscheldame ist er auch nicht. Eric ist Eric! Er hat immer noch viele Flausen im Kopf, er trifft immer noch gern eigene Entscheidungen, die sich nicht zwingend mit meinen decken. Aber ich finde, dass er sich zu einem Prachtkerl entwickelt. Überhaupt – noch nie waren mein Mann und ich so verliebt in einen Hund wie in diesen Frechdachs! Er hat unsere Herzen nicht nur im Sturm erobert, er hat sie für immer gefangen genommen. Ein Leben ohne Hund, speziell ohne Eric, können wir uns schon jetzt nicht mehr vorstellen.

Eine Bekannte aus der Hundeschule – sie und ihr Mann besitzen zum ersten Mal einen Hund – bringt es auf den treffenden Punkt: »Seit wir den Hund haben, ist uns nicht mehr langweilig. Und zum Lachen gibt's auch immer was.«

Recht hat sie! Uns ergeht es nicht anders. Mein Mann beispielsweise ist ein ausgewiesener Morgenmuffel. Doch seit Eric bei uns lebt, hat mein Liebster ein Lächeln auf den Lippen, sobald er morgens die Augen aufschlägt. Nicht etwa, weil er mich, seine geliebte Frau, neben sich sieht. Sondern weil unser Findelhund ihm seine nasse kalte Nase ins Gesicht drückt und ihm außerdem das Grunzeschwein als Morgengabe ans Bett bringt. Das müsste ich einmal tun! Aber ehrlich gesagt geht's mir keinen Deut anders. Dank Eric erwache ich nicht nur mit einem Lächeln, sondern schlafe auch mit einem ebensolchen nachts ein.

Davon abgesehen – mit einem lebhaften Vierbeiner im Haus hat auch die Langeweile keine Chance mehr, sogar die Hausarbeit ist zum Abenteuer geworden: Beim Staubwischen schnappt Eric den Staubwedel und versteckt ihn. Die Staublappen zerfetzt er. Und beim Staubsaugen hilft er auch besonders gern. Ob er das Prinzip dieser Maschine verstanden hat, bezweifle ich allerdings. Denn der Staubsauger arbeitet nicht dadurch effektiver, dass Eric ständig in ihn hineinbeißt ...

Eric hilft aber auch gern bei der Gartenarbeit, wie ich feststellen darf, als ich meine Blumenkübel frisch mit Sommerblumen bepflanzen will: Geranien, fleißige Lieschen, Petunien, Begonien und Margeriten – ein rosa-lila Sommertraum schwebt mir vor. Eric hat andere Ideen, ihm ist meine Bepflanzung anscheinend viel zu dicht, also buddelt er die Pflanzen, die ich gerade eingesetzt habe, hinter meinem Rücken wieder aus. Auch ist er wohl der Ansicht, dass ich viel zu viele Kübel für Dekorationszwecke einsetze. Also zweckentfremdet er einen der größeren Kübel als Knochenversteck. Das bemerke ich jedoch erst Tage später, als Eric seine Beute aus dem Erdlager holt. Auch in puncto Recycling ist er rührig, die Plastikblumentöpfe, in denen ich die Pflanzen aus dem Gartencenter holte, landen zwar nicht in der gelben Tonne, dafür aber verstreut im ganzen Garten. Als er sich auch noch am Päckchen mit dem Kunstdünger zu schaffen macht, reicht es mir: Eric muss ins Haus. Und ich kann endlich in Ruhe meinen rosa-lila Sommertraum weiterträumen.

Zur Feier des Tages werfen mein Mann und ich am Abend den Grill an. Natürlich liegt auch eine Wurst für Eric drauf. Doch der ist gerade mit einer Tiefgrabung beschäftigt, vielleicht will er testen, ob sich unser Grundstück für eine Erdwärmebohrung eignet. Gnädig unterbricht er seine Arbeit, um die Wurst zu verspeisen.

14. Kapitel
Erics erste große Party!

Im zarten Alter von knapp zehn Monaten feiert Eric die erste große Party seines Lebens mit uns. Mein Vater wird im nächsten Jahr siebzig, doch davon will er nichts hören! Die 69 in diesem Jahr hingegen sollen groß gefeiert werden, und zwar mit einem Grillfest auf unserem Wochenendgrundstück. Es soll einen Sektempfang samt Häppchen geben, danach wird gegrillt, bis sich die Roste biegen. Angemeldet haben sich viele alte Freunde der Familie, von denen die meisten Hundeliebhaber sind, die sich schon darauf freuen, endlich unseren »neuen« Hund kennenzulernen. Dennoch liegen mir jetzt schon die Häppchen vom Sektempfang schwer im Magen. Was, wenn Klein-Eric sich in einem unbemerkten Moment ein Schälchen vom Tisch holt? Oliven enthalten zwar viele ungesättigte Fettsäuren und sind somit sehr gesund, aber ob das für die scharfe Chorizo-Wurst und den eingelegten Schafskäse auch gilt? Ich beschließe, meinen Hund sehr gut im Auge zu behalten. Die Gäste wären von einem vierbeinigen Vorkoster gewiss auch nicht begeistert.

Die Party beginnt, ich bin etwas angespannt. So müssen sich Eltern fühlen, wenn es gilt, mit dem Nachwuchs einen manierlichen Eindruck zu hinterlassen, denke ich mir. Nach nur kurzem Fremdeln ist Eric in seinem Element, flirtet hier, holt sich Streicheleinheiten da und bleibt während des Essens brav neben meinem Stuhl liegen. Dabei hilft ihm allerdings die Leine, an die ich ihn angebunden habe ... Als der große Schmaus vorüber ist, lasse ich ihn wieder frei, doch inzwischen ist der Junge müde und bleibt freiwillig liegen.

Erics erste Party? Ein voller Erfolg!

Eine Woche später sind wir zum Grillen bei Freunden eingeladen, natürlich darf Eric mit. In der für ihn fremden Umgebung erlebe ich meinen Hund anfangs als ängstlich und sehr zurückhaltend. Doch dann freundet er sich mit der zehnjährigen Tochter des Hauses an, die ihn unbedingt an der Leine durch den Garten führen möchte. Ich erlaube es den beiden, behalte sie aber vorsorglich im Auge. Schmunzelnd beobachte ich, wie Eric Dutzende von »Sitz«- und »Platz«-Übungen brav mitmacht, belohnt von winzigen Stückchen Brot. Irgendwann sind Menschen- und Hundekind müde und kommen zu uns an den Tisch.

Einladungen mit Eric? Inzwischen kein Problem mehr.

Nun, da Eric sich als feierfreudiger Partygänger entpuppt, steht einem Sommer voller Grillfeste, Cocktailpartys und Biergartenbesuchen nichts mehr im Weg. Und das ist gut so, denn größere Reisen sind für diesen Sommer keine geplant, da sowohl mein Mann als auch ich viel arbeiten müssen. Ein bisschen feiern muss jedoch immer drin sein, oder?

Der Mai endet mit zwei Höhepunkten. Ich gebe pünktlich zum Monatsende mein Manuskript *Die Zarentochter* beim Verlag ab. Keine Ahnung, wie es mir gelungen ist, trotz intensivem Hundeprogramm all die Seiten zusammenzubekommen. Aber ich habe es geschafft. Der Mensch wächst an seinen Aufgaben, so heißt es doch! Und mehr noch – mein Bauchgefühl sagt mir, dass das ein richtig gutes Buch wird!

Außerdem beginnt Erics zweiter Junghundeintensivkurs. Inzwischen bin ich richtig heiß aufs Üben in der Hundeschule und kann den ersten Trainingstag kaum erwarten. Enttäuscht stelle ich dabei fest, dass ich die Einzige aus dem ersten Kurs bin, die hier mitmacht. Auch in den offenen Übungsstunden, die ich manchmal zusätzlich besuche, treffe ich keinen von Erics alten Kameraden. Haben die alle schon genug gelernt? Reicht den meisten Hundehaltern das bisschen Erziehung aus? Oder ist es eine Frage des Geldes? Immerhin kostet ein Kurs mit acht Übungstagen sechzig Euro. Ich bin der Ansicht, dass jeder Euro gut angelegt ist.

Im neuen Kurs machen vorwiegend Rüden mit, die alle eifrig um die Gunst der beiden Hündinnen buhlen. Ein riesiger Doggenrüde ist auch dabei, mit seinen sechs Monaten überragt er alle anderen Hunde ums Doppelte. Erleichtert stelle ich in der ersten Spielrunde fest, dass dieses Hundekälbchen so lieb ist, wie es aussieht. Insgesamt wird der Ton in den Spielrunden jedoch rauer – hier sind keine Welpen mehr unterwegs, sondern Junghunde, die kurz vor der Geschlechtsreife stehen. Ich muss mich sehr zusammenreißen, dass meine alten Ängste nicht wieder hochkommen. Wenn ein Spiel gar zu wild wird, mag ich gar nicht hinschauen. Aber unsere Trainerin ist immer in der Nähe, beruhigt mich und die Hunde und versichert uns, dass sie im Ernstfall Streithähne auch handgreiflich trennen würde. Dies wäre jedoch in den Junghundegruppen bisher nie vorgekommen, dafür wären die Bubis einfach noch zu verspielt. Mit Entsetzen beobachte ich, wie Eric die Dogge, die gerade von einem dicken Labrador im Schwitzkasten gehalten wird, richtig gemein in den Hintern zwickt. Mein Hund und so hinterhältig?! Unsere Trainerin lacht nur. Unter Hunden gibt es nun einmal weder Demokratie noch Gerechtigkeit.

Was die Übungen angeht, gehören Eric und ich inzwischen zu den Besten. Es ist unglaublich, wie sehr sich seine Aufmerksamkeitsspanne erhöht hat. Zugegeben, eine ganze Stunde hält er immer noch nicht durch. Die Übung ganz zu Beginn, vor der ersten Spielrunde, fällt ihm immer noch sehr schwer, und gegen Ende der Stunde hin hat er auch alles andere im Sinn, bloß kein folgsames Bei-Fuß-Laufen mehr. Aber insgesamt bin ich hochzufrieden mit seiner Entwicklung. Die Ruheübungen zu Hause, die ausgedehnten Spaziergänge mit wenig Ballspiel, dafür umso mehr Such- und Intelligenzspielen scheinen sich auszuzahlen. Eric ist inzwischen ein ausgeglichener, fröhlicher und aufgeweckter Hund, mit dem der Alltag viel Spaß macht. Wenn ich an das hyperaktive Nervenbündel der ersten Monate denke …

Überhaupt genießen wir dieses Frühjahr, das schon erste Züge des Sommers trägt, ganz besonders. Es gibt so viele erste Male: Das erste Mal Eis essen gehen. Die erste Party. Das erste Sonnenbad im Garten – Eric ist der Ansicht, wir stellen die Liegestühle für ihn auf!

Das Leben mit Hund ist schön!

Den ganzen Sommer über werden wir kleine Ausflüge unternehmen. An den See, zum Cappuccinotrinken in die Stadt, zu Freunden … Natürlich alles wohldosiert, denn, wir erinnern uns: Hunde benötigen mehrere Tage Zeit, um aufgebautes Adrenalin im Körper wieder abzubauen. Würde ich also täglich aufregende Ausflüge mit Eric unternehmen, käme er nicht mehr zur Ruhe. Auch überlege ich mir immer genau, wohin ich ihn mitnehme und wann er besser zu Hause aufgehoben ist. Auf Weinfesten, bei denen es laut hergeht und enges Gedränge herrscht, hat ein Hund nichts verloren, finde ich. Genauso wenig auf Messebesuchen oder Rummelplätzen. Was Hundehalter dazu bewegt, ihren Vierbeinern einen solchen Stress anzutun, wird mir für immer schleierhaft bleiben.

Davon abgesehen, tut es auch mir gut, zwischendurch etwas alleine, ohne Hund zu machen. Umgekehrt wird ein Schuh draus – Eric ist bestimmt froh, wenn er das Haus auch einmal für sich alleine hat und er ein Nickerchen halten kann ohne Angst, etwas Aufregendes zu verpassen.

Im Flegelalter nur Flausen im Kopf

Andere Hunde zerrupfen Schwämme und ihr Körbchen im Welpenalter, Eric hat auch mit elf Monaten noch Unfug im Kopf. Er ist richtig kindisch geworden! Dazu passt die Aussage einer Freundin, die ihn lange nicht gesehen hat: »Als Eric zu euch kam, sah er gestresst und müde aus. Nun hat er ein so entspanntes kindliches Gesichtchen wie ein Hundebaby.« Ein entspanntes Babygesicht? Das hört man als Hundehalter natürlich gern. Aber muss Eric sich gleichzeitig auch kindisch verhalten?

Mitte Juni darf Eric das erste Mal zu einer Abendveranstaltung mit. Eine Freundin, die aktiv in einer Kirchengemeinde arbeitet, bat mich um die Teilnahme an einer Veranstaltung mit dem Motto:

»Mit einer Autorin im Gespräch«

Da mein Mann verreist ist und ich Eric bisher nicht länger als zwei Stunden allein lassen will, beschließe ich, ihn mitzunehmen. Ausgestattet mit Wasserschüssel, Decke und Kauknochen, treten wir also zum Gesprächskreis an, und es klappt ... so lala. Anstatt auf mein leise gemurmeltes »Platz« hin dasselbe zu machen, will unser Junghund lieber von den Gästen gestreichelt werden. Da wir von Hundefreunden umringt sind, kriegt unser Bub auch prompt, was er will.

Eineinhalb Stunden später sind alle Fragen gestellt, alle Antworten gegeben, wir bleiben noch zum abschließenden Nachtgebet, in dem es heißt, man solle seinen Sündern vergeben. Ausgerechnet an dieser Stelle wird Eric ganz still. Grübelt er darüber nach, welchen Sündern er vergeben soll? Oder fragt er sich angesichts seines zerrissenen Körbchens zu Hause, ob gar er gemeint ist? Jedenfalls haben die Fragerunde und der Abend allgemein unseren Hund so ermüdet, dass er am nächsten Morgen zum ersten Mal bis acht Uhr schläft.

Ende Juni, Anfang Juli steht unser Jahresurlaub an – eine Flugreise. Und somit die erste längere Trennung von Eric. In meiner Brust schlagen zwei Herzen. Das eine freut sich unbändig auf die türkische Ägäis mit lapislazuliblauem Meer, wunderschöner Hotelanlage in einer einsamen Bucht, auf Tage des Nichtstuns, auf guten Wein und die türkische Küche. Das andere Herz – und es schlägt eindeutig stärker als das Genießerherz – bricht derweil fast beim Gedanken, unser kleines Hundle alleine lassen zu müssen.

Allein? So allein wie in *Kevin allein zu Haus*? Von wegen! Schon seit vielen Jahren zieht meine Mutter während unserer Abwesenheit bei uns ein, das heißt, dass sich für unsere Hunde lediglich das Gesicht ihrer Dosenöffner veränderte, ihre Umgebung, die täglichen Rituale und Spazierwege aber dieselben blieben. Was für ein Luxus für Hund und Herr! Eric in die Tierpension? Allein der Gedanke schmerzt fürchterlich.

Beim Einkauf im Supermarkt denke ich fortan nicht mehr an Brot und Eier, dafür landen Bio-Wildlachs, feinster Brie und Prosecco im Einkaufswagen – unser Hundesitter, sprich meine Mutter, soll es auch wirklich schön haben. Manche mögen das Bestechung nennen, ich nenne es Fürsorge.

Mehr als einmal gehe ich auch die Hundevorräte durch: zwanzig Paletten Hundefutter, dazu die Maiskekse, die Eric zurzeit so gerne mag (was sich morgen schon wieder ändern kann), Rinderkopfhautstücke, Knochen, gefüllt mit grünem Pansen (hoffentlich wird meiner Mutter von dem Geruch nicht schlecht), dazu allerlei Notfallnummern von Tierärzten, befreundeten Hundehalterinnen etc.

Da meine Mutter und Eric sich noch nicht sonderlich gut kennen, beschließe ich, eine kurze Liste mit seinen Vorlieben und Abneigungen zu erstellen. Als kleine Orientierungshilfe für meine Mam sozusagen. Doch die Liste wird immer länger und länger, das Gesicht meiner Mam, als ich sie ihr nochmals genauestens »erörtere«, auch.

Am Ende schiebt sie uns samt Handgepäck und Koffer aus dem Haus. Sie wäre bisher noch mit jedem unserer Hunde zurechtgekommen, ruft sie mir hinterher, da wäre Klein-Eric doch ein Klacks!

Einigermaßen beruhigt fliege ich los. Doch schon am ersten Morgen im Hotelressort weckt mich nicht das Meeresrauschen, sondern die Sorge um Eric. Ich rufe zu Hause an. Gut geschlafen? Fressi-Fressi gemacht? Geschäftchen erledigt? Meine Mutter erstattet leicht enerviert Meldung. »Und ja, mir geht es auch gut«, fügt sie säuerlich hinzu.

Am Abend, die Sonne geht gerade glutrot hinter der kleinen, der Bucht vorgelagerten Insel unter, plagt mich das Heimweh erneut.

»Alles klar? Keine besonderen Vorkommnisse?« Ich versuche, meiner Stimme einen unbeschwerten, leichten Unterton zu verleihen.

»Petraaaa«, knurrt meine Mutter nur.

So geht das nun täglich, bis ich an Tag sieben ein Telefonverbot aufgebrummt bekomme.

Urlauben ist schön, aber nach Hause kommen ist noch viel schöner! Auf dem Heimflug sprechen wir fast nur von unserem Hundekind, vergessen ist der tiefblaue Himmel der Ägäis, der Strand und das Meer. Wie schön es wird, ihn in die Arme zu schließen, mit ihm Bällchen zu spielen, über seine Scherze zu lachen …

Mein Herz klopft aufgeregt, als ich aus dem Taxi steige. Die Tür geht auf und Eric springt uns freudig entgegen. Eigentlich wollten wir unser Gepäck ins Haus bringen, stattdessen bringt Eric uns nun seinen Ball, das röchelnde Schwein, den Kong (was hat der in der Spielzeugkiste verloren?), noch einen Ball, dieser ist völlig zerfetzt, und ein unkaputtbares Hartgummitier. Du meine Güte, ist der Hund aufgedreht!, schießt es mir durch den Sinn.

Mein erster Eindruck wird sich in den nächsten Tagen bestätigen: Meine Mutter wollte in puncto Eric alles richtig machen, dem Kleinen sollte es an nichts fehlen, er sollte sich richtig wohl fühlen an ihrer Seite! Also hat sie ihm ein 24-Stunden-Rundum-Wohlfühl-Bespaßungs-Programm angeboten, das er – Opportunist wie jeder Hund – nur allzu gern annahm. Eric fand es klasse, jemanden zu haben, der genügend Zeit hat, ihm tausendmal das Bällchen zuzuwerfen. Und der zwischendurch Leckerlis für ihn versteckte, ausgiebige Spaziergänge unternahm, liebevoll Hühnerfleisch vom Knochen abpulte, um daraus fürstliche Abendessen zuzubereiten. Für den Hund, versteht sich. Nun ist unser Kleiner verwöhnt und aufgedreht, und wir haben große Mühe, ihn von diesem hohen Bespaßungs-Level wieder runterzufahren. Auf mein Kommando »Geh Platz!« ernte ich einen indignierten Hundeblick. »Platz? Wie langweilig ist das denn?!«

Beim Gassigehen folgt der nächste Schreck: Eric will weder Ballspielen noch Suchspiele machen. Kaum lasse ich ihn von der Leine, will er die große weite Welt erkunden. Meine Zurufe werden ignoriert, die Tatsache, dass ich inzwischen in eine völlig andere Richtung laufe, auch. So nicht, mein Freund!, denke ich mir und nehme ihn bei der nächstbesten Gelegenheit an die Leine. Ruhig, aber konsequent üben wir einige Tage lang verstärkt den Grundgehorsam. Als ich das Gefühl habe, den kleinen Wilden wieder in der Hand zu haben, wähle ich beim Spazierengehen bewusst fremde Wege, wo Eric auf mich, den Boss, angewiesen ist.

Außerdem rufe ich sogleich unsere Hundetrainerin an, bitte dringend um einen Hausbesuch. Nachdem sie eine halbe Stunde lang Erics Treiben zugeschaut hat, meint sie grinsend, dass es in der Hundeerziehung immer wieder einmal einen Schritt zurückgehe. Oder auch zwei. Dann hieße es, sich in Geduld üben und gelassen zu bleiben. Und bloß nicht den Spaß verlieren!

Clickern – eine Welt für sich

Apropos Spaß – ich lasse mir bei dieser Gelegenheit die Grundzüge des Clickerns erklären: Der Clicker ist eine Art Knackfrosch, der beim Drücken einen leisen »Klick« von sich gibt. Tut der Hund etwas, was er soll, macht er beispielsweise Platz oder gibt Pfötchen, drückt der Hundeführer in genau dieser Sekunde den Clicker. Danach bekommt der Hund ein Leckerli. »Click and treat«, heißt das auf Englisch, und aus England stammt auch diese völlig gewaltfreie Methode der Hundeerziehung, die allein auf positiver Bestärkung basiert. Der punktgenaue Einsatz des »Clicks« ist dabei unentbehrlich, denn clickt man zu früh oder zu spät, verknüpft der Hund womöglich ein falsches Verhalten mit dem Klick.

Ein Beispiel: Wir wollen, dass der Hund mit uns in Augenkontakt tritt. Also drücken wir genau dann den Clicker, wenn der Hund uns anschaut. Und nicht, wenn der Hund schon wieder wegschaut oder den am Himmel vorbeiziehenden Schwalben nachsieht. Bestrafungen wie ein scharf gesprochenes »Nein!« oder »Pfui!« gibt es nicht, unerwünschtes Verhalten wird einfach ignoriert. Erwünschtes Verhalten dagegen sofort belohnt.

Ich bin begeistert von dieser einfachen und doch so wirkungsvollen Methode. Mit Hilfe des Clickertrainings kann man dem Hund so ziemlich alles beibringen, was man mag.

Aber die erforderliche sekundenschnelle Genauigkeit will erst einmal geübt werden, und zwar ohne Hund. Eric bringe ich ins Nebenzimmer, schließlich will ich ihn nicht verwirren. Meine Hundetrainerin hat einen Tennisball mitgebracht und lässt ihn immer wieder auf den Boden aufprallen. In der Nanosekunde der Bodenberührung muss ich clickern. Gar nicht so einfach ...

Unsere Trainerin Ingrid führt die Grundlagen des Clickerns weiter aus: Wichtig ist, dass in der ersten Zeit des Clickertrainings das Leckerli sofort nach dem »Click« gegeben wird. Später kann man sich damit mehr Zeit lassen, es durch verbales Lob ersetzen oder auch einmal weglassen. Aber dafür muss beim Hund zuerst die Verknüpfung geschaffen werden: Click = Belohnung.

Mein Interesse ist geweckt, mit dieser neuen Methode macht das Üben des Grundgehorsams sicher viel Spaß! Anfangs schaut mein Hund beim Clickertraining sehr skeptisch und angestrengt drein. Ob er die Clicks mit Lob und Leckerli assoziiert? Ich bin mir nicht sicher. Umso erstaunter bin ich, wie schnell sich dann doch erste Trainingserfolge einstellen: Präzises Bei-Fuß-Sitzen, »Platz« und »Bleib« – alles bekommt durchs Clickern eine spielerische Note. Und auch ein paar kleine Hundetricks wie »zwischen meinen Beinen hindurchlaufen« lehre ich Eric mit Hilfe des Clickerns.

Erics erster Geburtstag

Ende Juli feiern wir Erics ersten Geburtstag. Ich lade dazu meine Familie ein, es gibt Geschenke für Eric und für uns Kaffee und Kuchen. Unter den Geschenken befindet sich auch ein mit grünen Pansen gefüllter Knochen, der so fürchterlich stinkt, dass keiner mehr Kuchen essen mag.

Ich werde traurig. Wie so oft in diesen Tagen muss ich an die Tötungsstationen in den südlichen oder östlichen Ländern denken und daran, dass sich trotz zig Petitionen und jahrzehntelangem Einsatz von Tierschützern immer noch nichts Grundlegendes geändert hat. Erics Mutter, seine Geschwister und er sind einen Tag vor Ultimo aus der Tötung gerettet worden, nur einen Tag später wäre dieser grandiose Hund und viele andere vergast worden. Aber Eric ist am Leben. Und wir sind glücklich, ihn zu haben, wir feiern das Leben und das gütige Schicksal, das uns zusammengeführt hat. Am Ende sind alle müde, wie es sich für einen Kindergeburtstag gehört!

Es ist August, und wir stecken hundeschultechnisch gesehen in einer Art Vakuum. Zu den »Erwachsenen« dürfen wir noch nicht, da fehlen Eric noch ein paar Monate an Lebenserfahrung, ein weiterer Junghundekurs übt keinen Reiz für mich aus. Was bleibt, ist die sogenannte »offene Übungsgruppe für junge Hunde«. Hierzu brauche ich mich nicht extra anmelden, an zwei Terminen pro Woche können Eric und ich einfach kommen, wie es uns gefällt. Mit fünf Euro sind Sie dabei! Allerdings nicht im kleinen, feinen Kreis wie im Junghunde-Intensivkurs – hier drängeln sich bis zu fünfzehn Hunde pro Stunde.

Jede Übungsstunde beginnt mit einer kleinen Spielrunde. Unser zartgliedriger Eric und vierzehn Rabauken im wilden Spiel – kehrt die alte Panik zurück? Aber die Hunde sind allesamt gut sozialisiert, der Ton ihrer Spiele ist zwar pubertätsbedingt rauer geworden, aber alle bleiben friedlich.

Eric entdeckt die Liebe

Und das in der zweiten offenen Übungsstunde. Eine schwarze zierliche Mischlingshündin hat es ihm angetan. Gegen seinen Geschmack lässt sich nichts sagen, gegen die Art seiner Gunstbezeugung allerdings schon. Er hält nämlich nichts von schönen Blicken und vorsichtigem Anschmachten, stattdessen versucht er inständig, mit ausgefahrenem rosa Penis die Angebetete zu besteigen, was ihm häufiger ge- als misslingt. Die Hundedame gehört leider zum Kaliber der braven Duldsamen, »sie habe sich noch nie gewehrt und lasse alles mit sich machen«, flüstert die Besitzerin, die angesichts von Erics Engagement ziemlich entsetzt ist. Ich bin es auch und rufe wieder einmal nach unserer Trainerin. Aber die möchte sich nicht einmischen und bittet uns, es auch nicht zu tun. Auch wenn wir es nicht glaubten, die Hundedame würde sich schon zu wehren wissen! Und in der Tat: Plötzlich ertönt so etwas wie ein »Wuff!«. Dann ein leises Knurren. Völlig überrascht lässt Eric von der Lady ab, und weg ist sie! Mein Hund allerdings auch. Für den Rest der Spielrunde bleibt Eric ihr auf den Fersen, auch während des Trainings hat unser Bub nur Augen für die schwarze Schönheit. An »Sitz« und »Platz« ist nicht zu denken, er hört mich nicht einmal. Dafür bekomme ich ständig etwas von ihm zu hören: leises Jammern. Mein Hund ist zum ersten Mal verliebt.

Doch junge Liebe hält nicht lang, das ist bei uns Menschen so und bei unseren Vierbeinern nicht anders. Denn schon in der kommenden Woche findet Eric eine ganz andere Hündin interessant. Als die nicht auf seine Avancen eingeht, findet Eric das doof und spielt dann lieber wieder mit seinen Kumpels. Wie im wahren Leben ...

Kastrieren – ja oder nein?

Viele Hundehalter lassen ihre Rüden im Alter von zwölf, fünfzehn Monaten kastrieren. Die Argumente hierfür sind so vielfältig wie die Menschen und ihre Hunde, oft kann man sie nachvollziehen, genauso oft nicht. Sicher, ein kastrierter Rüde wird nicht mehr von seinem Sexualtrieb gesteuert und ist somit für seinen Halter leichter zu führen, er ist seltener in Rangkämpfe mit anderen Rüden verwickelt und allgemein nicht mehr ganz so umtriebig. Aber reichen diese Gründe aus, um einem Tier *ohne Not* ein Körperteil wegzuoperieren? Genau das ist eigentlich im deutschen Tierschutzgesetz verboten. Jahrzehntelang haben Tierschützer für ein Kupierverbot gekämpft, das es verbietet, einem Hund die Ohren und die Rute abzuschneiden. Ist es etwa besser, einem Hund die Hoden abzuschneiden?

Ich plädiere *hundertprozentig* für eine Kastration bei Straßenhunden und Katzen, die sich frei in der Natur bewegen. Her mit der allgemeinen Kastrationspflicht! Denn damit hätte die Flut ungewollter Hunde, überfüllter Tierheime und millionenfachen Tierleids endlich ein Ende! Genauso sinnvoll ist die Kastration bei Rüden, die einen ausgeprägten Sexualtrieb haben und darunter leiden, dass sie diesen nicht ausleben können. Aber ein unauffälliger Hund wie Eric, der weder ein gesteigertes Sexualverhalten zeigt noch ein Ausbrecherkönig ist – warum sollte ich ihn kastrieren lassen? Weil's gerade so etwas wie Mode ist? Weil's mein Leben leichter machen würde? Ich beschließe, diese Frage fürs Erste hintanzustellen und zu beobachten, wie er sich weiterentwickelt.

Insgesamt kommen wir ganz gut durch Erics Pubertät

hindurch. Sicher, er testet seine Grenzen aus, aber täte er es nicht, wäre das nicht normal. Sein Geschlechtstrieb hingegen bleibt mäßig, er reitet weder auf Kissen auf noch auf menschliche Knie – eine Unart, die ich bei so manchem Altersgenossen von Eric zurzeit beobachte. In den Spielrunden in der Hundeschule ist er immer noch umgänglich mit allen Hunden; wird er von einem Macho-Rüden angepöbelt, geht er ihm aus dem Weg, statt sich in eine Rangelei verwickeln zu lassen.

Eric kastrieren? Derzeit ist dies kein Thema für uns.

Eric und die Hunde-WG

Mitte August hat eine alte Bekannte Geburtstag. Wir haben uns früher regelmäßig gesehen, waren zusammen mit unseren Hunden im Urlaub, haben uns aber im Laufe der Jahre ein wenig aus den Augen verloren. Als ich ihr am Telefon ahnungslos zum Geburtstag gratulieren will, erlebe ich das heulende Elend. Meine Bekannte wurde Wochen zuvor an der Achillessehne operiert, eine schmerzhafte und vor allem langwierige Angelegenheit. Als alleinstehende Frau, Mitte sechzig, hat sie sich zwar für den Alltag ein gutfunktionierendes Netzwerk von Freunden und Bekannten aufgebaut, was jedoch noch lange nicht heißt, dass ihr auch alle als Helfer in der Not zur Seite stehen. Vor allem, wenn es darum geht, Tag für Tag mit einer elfjährigen Schäferhündin Gassi zu gehen. Den einen ist die Verantwortung zu groß, die anderen haben keine Lust aufs frühe Aufstehen, den Nächsten ist es wettertechnisch zu heiß, zu kalt oder zu regnerisch. Wiederum andere haben einfach keinen Draht zu Hunden allgemein oder zu Maja im Besonderen. So wurde das arme Tier wochenlang hin und her geschoben. Als ich meine Bekannte anrief, hegte sie aus lauter Verzweiflung, nicht mehr richtig für den Hund sorgen zu können, fast schon Selbstmordgedanken! Ihr würde es das Herz brechen, dass sie Maja, die mit acht Jahren erst aus einer spanischen Tötungsstation nach Deutschland kam, erneut ins Tierheim würde geben müssen, sagte sie weinend.

Ein so alter Hund ins Tierheim? Davon will ich nichts hören. Spontan biete ich an, Maja für die nächsten Wochen zu uns zu nehmen. Machen wir halt eine kleine Hunde-WG auf.

Erst danach frage ich mich, was wohl mein Mann von meinem edlen Angebot halten wird. Oder was Eric zu einem neuen Wohngefährten sagt – immerhin ist er ein verwöhntes Einzelkind. Bisher hatten wir noch keinen vierbeinigen Besuch in der Wohnung. Aber ungewöhnliche Situationen erfordern nun einmal ungewöhnliche Maßnahmen, sage ich mir. »Sitz« und »Platz« sind ja schön und gut, aber nun ist eben Lernen fürs Leben angesagt. Eric wird hinnehmen müssen, dass Maja in den nächsten Wochen unser Leben teilt, immerhin bin ich der Boss und bestimme, wer in unsere Höhle darf.

Mein Mann ist von meinem Edelmut nicht gerade begeistert, er fürchtet zu viel Aufregung, aber er akzeptiert meine Entscheidung immerhin.

Zur Abholung des Hundes am nächsten Tag nehme ich Eric und meine Mutter mit. Ich möchte Majas Umzug bewusst gestalten, damit die Hunde verstehen, was mit ihnen geschieht. Auch ist es mir wichtig, dass sich beide auf neutralem Boden, sprich vor dem Haus meiner Bekannten, zum ersten Mal begegnen. Diese erste Begegnung läuft wie erwartet prima ab, Eric und Maja beschnüffeln sich, wedeln vorsichtig mit dem Schwanz, dann sind die Düfte im Gras wichtiger. Ich erschrecke allerdings, als ich sehe, wie schlecht die alte Hündin läuft: mit wackligen Hinterbeinen, schwer auf der rechten Vorderhand. Ihr Blick ist trüb, außerdem hört sie schlecht. Nun bekomme ich doch Angst vor der eigenen Courage. Kommt diese Hündin etwa zum Sterben zu uns?! Was, wenn sie eines schönen Morgens nicht mehr aufstehen will? Meine Bekannte beruhigt mich, erzählt mir, wie gut ihr Hund noch zu Fuß ist und dass sie morgens und abends jeweils fünfundvierzig Minuten spazieren geht. Eine Dreiviertelstunde, zweimal täglich? Angesichts der krumm und bucklig daherkommenden Rentnerin fällt es mir schwer, dies zu glauben. Doch, doch!, beteuert meine Bekannte, der Hund sei mit Medikamenten schmerzfrei eingestellt. Diese würden allerdings in den nächsten Tagen zur Neige gehen, so dass ich wegen Nachschub gleich Majas Tierarzt aufsuchen kann.

Mit Müh und Not hieven wir die alte Dame ins Auto, genauso mühselig ist das Aussteigen. Ich bin froh, dass ich meine Mutter als Verstärkung dabeihabe.

Eric ist ein lieber Hund und lässt zu, dass Maja nach ihm ins Haus trottelt. Der arme alte Hund ist so verwirrt und eingeschüchtert, dass er am ersten Tag sein Körbchen, das wir natürlich mitgenommen haben, nur verlässt, um aus seiner Schüssel, die wir auch mitgenommen haben, etwas zu fressen. Natürlich Futter, das meine Bekannte uns ebenfalls mitgegeben hat – Maja soll sich schließlich wie zu Hause fühlen.

Die nächsten Wochen werden schön und anstrengend zugleich. Für uns ist es eine völlig neue Erfahrung, mit einem solch alten gebrechlichen Hund zusammenzuleben. Unsere Hunde sind stets bis ins hohe Alter ziemlich fit gewesen. Ihr körperlicher Abbau kam meist plötzlich, vollzog sich dann aber rapide: So kam beispielsweise unser Wotan nach einem Bandscheibenvorfall im Alter von zwölf Jahren wortwörtlich nicht mehr auf die Beine und musste eingeschläfert werden. Ein Hund wie Maja, der schlecht sieht, mit dem man laut sprechen muss, damit er einen überhaupt hört; ein Hund, der Ewigkeiten braucht, bis er aufsteht, und noch einmal eine halbe Ewigkeit, bis er die Stufe in den Garten bewältigt hat – so einen Veteranen hatten wir noch nie. Alter ist zwar beschwerlich, aber es ist keine Krankheit, erleben wir nun. Und es ist eine sehr schöne Erfahrung, zu beobachten, dass auch ein solch altes Tier noch Genuss empfinden kann. Maja, die zu Hause keinen Garten hat, genießt unseren nun umso mehr. Sie liebt es, abwechselnd in der Sonne und dann wieder im Schatten im Gras zu liegen. Nach ein paar Tagen trägt sie wie Eric Steine hin und her, wobei Eric ihr neidisch zuschaut. Maja mag es auch, nah bei ihrem neuen Rudel zu sein. Die erste Nacht verbringt sie zwar im Wohnzimmer in ihrem Körbchen, ich lasse ein Nachtlicht für sie brennen, damit sie etwas sieht, wenn sie aufwacht, doch schon in der zweiten Nacht höre ich ihre unsicheren Tapser auf dem Boden. Bald darauf steht sie bei uns im Schlafzimmer. Nun ist guter Rat teuer, denn Platz für ihr Riesenkörbchen gibt es dort nicht. Aber Maja wegschicken? Das bringe ich nicht übers Herz, also baue ich ihr morgens um zwei aus dicken Schaumstoffmatten und einer Kuscheldecke ein kleineres Nest, welches sie dankbar annimmt. Ich habe noch nie einen Hund so leise schlafen hören wie diese alte Hündin! Kein Schlecken, kein Schnarchen, kein Seufzen – Maja schläft wie ein Stein.

Die Spaziergänge gestalten sich allerdings komplizierter als angenommen. Maja ist nicht gerade das, was man einen frühen Vogel nennt. Frühmorgens ist sie für nichts zu haben, sie geht gerade einmal hinters Haus, um sich zu erleichtern, danach steht sie stur wie ein Esel da und will wieder ins Haus. Wozu einen alten Hund zur Morgenrunde zwingen, sage ich mir und lasse ihr ihren Willen. Eric und ich machen uns allein auf den Weg. Am späten Vormittag machen wir dann eine längere Runde zu dritt, wobei Eric sich brav dem gemächlichen Zottelschritt der alten Dame anpasst. Was bleibt ihm auch anderes übrig?

Die Tage vergehen, und wir finden unseren Rhythmus. Ich habe nicht den Eindruck, dass Maja besonders traurig ist oder Heimweh nach ihrem alten Zuhause empfindet. Mich erschreckt geradezu, wie schnell sich ein so alter Hund in neue Verhältnisse eingewöhnt. Gleichzeitig ist auch dies eine gute Erfahrung.

Auch mit dem Pensionshund ist es mir wichtig, Erics Ausbildung voranzutreiben, und so besuchen wir ganz normal die Hundeschule. Maja muss in dieser Zeit allein zu Hause bleiben, bekommt zur Ablenkung und als kleines Trösterle einen Kauknochen. Ehrlich gesagt habe ich nicht das Gefühl, sie in tiefes Unglück zu stürzen, ganz im Gegenteil: Wenn wir nach Hause kommen, ist der Kauknochen um die Hälfte reduziert, und Maja schläft zufrieden in ihrem Riesenkorb.

15. Kapitel
Unser erster gemeinsamer Herbst

Da Eric noch immer die gefährliche Marotte hat, hinter jedem Auto und Fahrrad herspringen zu wollen, und auch gerne hinter Krähen herjagt, kommt mir ein neues Kursangebot in der Hundeschule gerade recht: »Anti-Jagdtraining« heißt es und wird folgendermaßen beschrieben:

»Krähen – TOLL!
Hasen und Rehe – SUPI!
Oh, ein Eichhörnchen – AUCH KLASSE!

Jagd Ihr Hund gerne bewegte Objekte wie Vögel, Eichhörnchen, Hasen und Rehe? Verfolgt er gerne Spuren und verschwindet ständig schnüffelnderweise im Gebüsch?
Jagen ist selbstbelohnend für unsere Hunde und in ›freier Wildbahn‹ überlebensnotwendig. Wer seinen Hund vom Jagen abhalten möchte, hat viel Arbeit vor sich und benötigt Durchhaltevermögen.
Wir zeigen Ihnen, wie Sie Ihrem Hund beibringen, mit Ihnen zu kooperieren, und er so viel Spaß mit Ihnen hat, dass es sich für den Hund nicht mehr lohnt, ohne Sie jagen zu gehen …«

Ich lese die Kursbeschreibung weiter und erfahre, dass es insgesamt fünf Kurstage geben wird mit intensiver Theorie unter Mitwirkung eines Jägers sowie einer Menge praktischer Übungen in der Kleinstgruppe. Als Trainingsorte sind unterschiedliche Orte wie das Übungsgelände, aber auch Wald, Feld und Wiese geplant. Teilnehmen können Hunde ab sechs Monaten, die keine gravierenden Probleme mit Artgenossen an der Leine haben.

Wie spannend, denke ich fasziniert und widme mich der Theorie, in der es um folgende Themen gehen soll:

Die verschiedenen Jagdhunderassen und ihr ursprünglicher Verwendungszweck, Unterschiede im Jagdverhalten, Physiologie oder: Was passiert im Hundekörper, wenn Lumpi zum großen Halali einläutet, Jäger Herbert S. erklärt vor Ort sein Revier: Lebensraum der Wildtiere / Verhalten von Wildtieren / Wann und wo sollten wir unsere Hunde besonders im Auge behalten.

Der praktische Teil liest sich genauso spannend:

Die richtige Ausrüstung und Belohnung, Einführung ins Schleppleinentraining (oh nein, nicht schon wieder!), *Orientierungstraining, Aufmerksamkeit fördern, Konditionierung eines Abrufsignals (oder -pfiffs), Impulskontrolle, Vertiefung des Gelernten unter Ablenkung wie bewegten Reizen, Distanzkontrolle als Möglichkeit des Trainings, Möglichkeiten zur Kanalisation des Jagdverhaltens über Ersatzbeute, Suchaufgaben …*

Begeistert melde ich mich an. Und tatsächlich: Der Kurs hält, was er versprochen hat. Nach einer unglaublich informativen Stunde Theorie über die einzelnen Jagdhunderassen und ihre speziellen Arten des Jagens geht es gleich in der zweiten Stunde in den Wald, und zwar in Begleitung eines Jägers. Dieser erklärt uns, wo wir mit welchen Wildtieren vermehrt rechnen müssen und zu welchen Tageszeiten sich die Tiere zeigen (meist in der Dämmerung). Während wir gespannt zuhören, schnuppern unsere Hunde mindestens genauso interessiert den Waldboden ab – Jagdtraining würde sich in ihren Ohren sicher zehnmal besser anhören als *Anti*-Jagdtraining.

In der dritten und vierten Übungsstunde stehen dann Übungen an der Schleppleine an. Unsere Trainerin zeigt simple, aber effektive Übungen für zu Hause, die allesamt die Aufmerksamkeit des Hundes auf uns fördern sollen. Ziel ist es, dem Hund klarzumachen: »Du darfst zwar nicht deiner Lieblingsbeschäftigung, dem Jagen, nachgehen, aber leer ausgehen sollst du auch nicht. Denn statt zu jagen, machen wir beide andere, ganz tolle Sachen miteinander.« Dieses Tauschgeschäft funktioniert natürlich nur, wenn wir auch wirklich »tolle Sachen« anbieten können, also haben wir die Taschen voller Gourmet-Leckerlis, das Lieblingsspielzeug steckt darin und mehrere Futter-»Jackpots«, sprich kleine Plastikdosen mit Nassfutter, Schmierkäse oder Ähnlichem. In diese Dose darf unser Hund die Schnauze immer dann eintauchen, wenn er auf Anhieb und Zuruf zu uns kommt. Außerdem wird der Spaziergang mit kleinen Spielen ergänzt, so dass sich der Hund nicht langweilt und auf dumme Gedanken kommt.

Die Trainerin führt uns die Übungen mit ihrer Cattle-Dog-Hündin vor, und ich bin fasziniert davon, auf welch feine Handzeichen dieser Hund reagiert. Das will ich für Eric und mich auch!

Nun ist es ein großer Irrtum, zu glauben, dass der Besuch eines Spezialkurses ausreicht, um einem Hund irgendwelche unangenehmen Marotten auszutreiben oder ein Erziehungsdefizit zu beseitigen. In einem solchen Kurs bekommen wir Hundehalter lediglich das Rüstzeug vermittelt. Danach liegt es an jedem selbst, das Erlernte in die Tat umzusetzen. Und zwar täglich, Woche für Woche, Monat für Monat. Die Gefahr, mittendrin schlappzumachen und wieder die alte, gemütliche Tour zu fahren, ist groß. Ich erliege ihr dennoch nicht, denn das Thema »gefahrloser Freilauf« gehört für mich zu den wichtigsten überhaupt. Nur wenn ich Eric zu jeder Zeit zu mir rufen kann, kann ich ihm die Freiheit ohne Leine schenken. Also heißt es fortan: üben, üben, üben.

Mein Fazit nach einem Dreivierteljahr Hundeschule: Die gemeinsame Ausbildung macht immer mehr Spaß. Trotz aller Rückschläge, trotz pubertierendem Flegel an der Leine. Ich lerne mindestens so viel wie mein Hund, bin immer wieder erstaunt darüber, wie sehr sich die Hundeausbildung und das Wissen über Hunde im Allgemeinen in den letzten zwanzig Jahren weiterentwickelt hat. Wenn ich darüber nachdenke, wie ich einst meine Hunde ausgebildet habe – mit Leinenruck und gebrülltem »Sitz!« und »Platz!«. Allein bei dem Gedanken wird mir ganz schlecht, und ich komme mir vor wie ein Dinosaurier. Wie unwissend wir damals waren ... Ich vermute allerdings, dass auf vielen Hundeplätzen noch immer die gleiche Unwissenheit regiert und Hunde mit Druck und Gewalt ausgebildet werden. Dabei gibt es wirklich Mittel, die genauso gut, wenn nicht besser funktionieren. Man muss nur ein bisschen Hündisch können.

Die ruhigen Monate sind vorbei

Mitte September kommt mein neuer Roman auf den Markt. Für mich bedeutet das: Die langen Monate des einsamen »Vor-mich-hin-Schreibens« sind vorüber, nun stehen mir Interviews, Lesungen und der Besuch auf der Buchmesse bevor.

Mein Foto erscheint nun immer öfter in den hiesigen Tageszeitungen, und damit fällt dann auch mein bisher so tapfer aufrechterhaltenes Inkognito in der Hundeschule. Bisher war ich nur »Erics Frauchen« oder ganz einfach »die Petra«, nun bin ich »Petra Durst-Benning, bekannte Autorin«. Die anderen Frauchen und Herrchen drängen sich um mich, stellen Fragen, wollen wissen, wie das Schriftstellerdasein so ist. Ich antworte geduldig und bin froh, dass alle schnell wieder zum Tagesgeschehen übergehen. Gemeinsam lauschen wir der Schilderung von Lucys Frauchen, die freudestrahlend erzählt, dass die Kleine endlich ihre Angst vor Flugzeugen verloren hat. Und gemeinsam ärgern wir uns über das Ehepaar mit den drei Weimaranern, die der Schrecken des nahe gelegenen Erholungsgebietes sind, weil sie ihre Hunde stets unangeleint und unkontrolliert laufen lassen. Und ich? Ich bin wieder nur Erics Frauchen Petra. Wie angenehm.

Als Schriftstellerhund hat nun jedoch auch Eric einige neue Lektionen zu lernen. Eine der ersten lautet: Zeitungsredakteure kommen NICHT, um mit ihm Ball zu spielen, sondern um Frauchen Fragen zu stellen. Und Fotografen kommen auch NICHT, um tolle Ziehspiele mit Eric zu machen. Beides ist eine bittere Enttäuschung für meinen Findelhund. Während ich Interviewfragen beantworte, schaut er immer wieder vorwurfsvoll von seinem Platz aus zu uns hinüber.

Auch dass ich fast täglich am späten Nachmittag das Haus verlasse, um auf eine Lesung zu fahren, ist Neuland für ihn. Die ersten Tage wirft er mir so traurige Blicke hinterher, dass ich am liebsten meine Büchertasche fallen lassen und zu Hause bleiben will. Aber einer von uns beiden muss schließlich die Hundekekse verdienen! Nach wenigen Tagen gewöhnt sich unser Findelkind an den neuen Rhythmus. Lange muss er schließlich nicht alleine bleiben, denn es gibt ja auch noch Herrchen, und der bemüht sich, so früh wie möglich Feierabend zu machen. Und anstatt das Angebot der Veranstalter zu nutzen, mir eine Übernachtung im Hotel zu bezahlen, donnere ich jede Nacht – begleitet von DJ Johndal und seiner chilligen Lounge-Musik, Cola light und einem Klappbrot – über die Autobahnen der Republik. Diese Nachtfahrten sind anstrengend, aber ich liebe sie! Der Verkehr hat sich dann endlich beruhigt, und ich bin in wesentlich kürzerer Zeit wieder zu Hause, als würde ich erst am nächsten Morgen nach einem gemächlichen Frühstück losfahren.

Wenn ich dann spätnachts aus Frankfurt, Nürnberg oder einer anderen Stadt nach Hause komme, schlafen meine beiden Männer selig, wobei Eric mein Bett vorwärmt. Wenn ich ihn zur Seite schieben will, macht er sich schwer wie ein nasser Sack. Ich tu's trotzdem.

Ferien inmitten der Lesereise

Schon vor Jahren habe ich es mir abgewöhnt, in den Schulferien Lesungen abzuhalten. Wenn beispielsweise in den Herbstferien die Hälfte der Stuhlreihen leer bleibt, weil meine Leser die letzten Sonnenstrahlen auf Kreta oder Mallorca genießen, machen Lesungen weder für den Buchhändler noch für mich Sinn. Das bedeutet, dass mir nun mitten im Lesungsstress eine ganze freie Woche ins Haus steht.

Wie wäre es, wenn wir zusammen mit Eric den ersten

Hundeurlaub machen?, schlage ich meinem Mann vor. Warum nicht, meint dieser und bittet mich, die Möglichkeiten zu recherchieren. So etwas braucht man mir nicht zweimal zu sagen, schließlich bin ich die Königin der Recherche! Und tatsächlich – schon nach wenigen Tagen habe ich eine Liste parat:

Es gibt spezielle Hundehotels, in denen die Vierbeiner nicht nur mit in den Speisesaal dürfen (was in allen anderen Hotels verboten ist, und zwar in GROSSBUCHSTABEN!), sondern wo auch das Freizeitprogramm auf die Hunde abgestimmt ist: Hundewanderungen, Agility-Kurse, Erziehungskurse aller Art, ein Hundehotel unterhält einen eigenen Badesee für die Fellnasen. Hier werden Hunde nicht nur geduldet, im Gegenteil – ohne Hund käme man sich wahrscheinlich ziemlich deplatziert vor.

Des Weiteren stoße ich auf ein spezielles Hundereisebüro, welches nur Hotels, Ferienwohnungen und -häuser anbietet, die auf die speziellen Bedürfnisse von uns Hundehaltern zugeschnitten sind. In der Beschreibung eines jeden Domizils erkenne ich auf den ersten Blick so relevante Infos wie »eingezäunter Garten«, »auch große Hunde erlaubt«, »Hundeschule in der Nähe«, »Baden für Hunde im nahe liegenden See erlaubt« etc.

Spezielle Hundehotels, ein Reisebüro nur für Hunde – das alles eröffnet uns völlig neue Welten. Ich bin begeistert!

Am Ende entscheiden wir uns doch gegen einen Urlaub. Meine Lesereise hat mich ziemlich erschöpft, und ich bin froh, ein paar Tage am Stück zu Hause sein zu können. Für Urlaube bleibt im nächsten Jahr noch genügend Zeit.

Stattdessen melde ich Eric und mich zu einem sonntäglichen Workshop in der Hundeschule an. Es handelt sich dabei um ein Such- und Fährtenseminar und ist somit genau das Richtige für unseren Jagdhundmischling. An einem trüben Novembertag lernen wir, wie man eine Schleppfährte legt. Als Nächstes kommt dann die »ganz normale« Fährte an die Reihe, die der Hundeführer durch Gehen in einer Wiese oder einem Acker legt. Die Hundenase folgt hierbei einerseits dem Individualgeruch des Menschen, vor allem aber der Bodenverletzung, welche durch niedergetretene Grashalme etc. entsteht. Nachdem jeder von uns in einem zuvor festgelegten Gelände seine Fährte gelegt hat, wird ein Hund nach dem andern von seinem Fährtenleger an den sogenannten Fährtenantritt, der durch ein kleines Fähnchen markiert ist, geführt. Automatisch senkt Eric seine Nase in die novembernasse Wiese und legt los. Fasziniert schaue ich ihm vom hinteren Ende der langen Fährtenleine dabei zu. Die Wissenschaft will herausgefunden haben, dass Hunde eine Million Mal besser riechen können als wir – ich glaube diese Aussage aufs Wort.

Nach einer kurzen Erholungspause wird eine kleine Flächensuche durchgeführt, unsere Hundetrainerin erklärt uns, dass Nasenarbeit wie Gehirnjogging für Hunde ist: extrem anstrengend, aber auch sehr befriedigend. In der Tat: Eric hat sichtlich Spaß an diesen Übungen. Ich nehme mir vor, von nun an öfter einmal eine Fährte oder ein Suchspiel in den Alltag einzubauen.

Motiviert von diesem schönen Team-Erlebnis, belege ich einen weiteren Schnupperkurs oder, besser gesagt, eine Schnupperstunde: »Mobi-Agil« heißt der Spaß, und dahinter verbirgt sich eine Variation der Hundesportart »Agility«, deren Turniere inzwischen sogar teilweise im Fernsehen übertragen werden. Im TV sieht man dann agile Border Collies leichtfüßig durch Tunnel hindurch- und über Brücken hinwegdüsen, in Top-Speed Slalom laufen und über Wippen balancieren. Die Hunde sind wendig in Körper und Geist und scheinen einen Riesenspaß bei der Arbeit zu haben.

Agil ist Eric auch. Schnell ist er ebenfalls. Wenn ich die Augen schließe, sehe ich uns zwei schon bei den Turnierprofis …

Das wahre Leben sieht anders aus: Es ist November, und abends um fünf ist es stockdunkel, als wir Teilnehmer aus einer muffigen Gerätekammer Tunnel und Wippe holen. Die Geräte sind schwer und unhandlich, der Boden aufgeweicht. Mehr als einmal stolpere ich über eine Unebenheit. Einmal fällt mir ein Eisengestänge auf den Fuß, wunderbar! Im trüben, von einem Stromgenerator betriebenen Funzellicht bauen wir unter Anleitung der Trainerin einen Parcours auf. Dann werden erste Übungen gemacht: Die Hunde müssen über zehn Zentimeter hohe Stangen springen, dann über eine schmale, dafür jedoch niedrige Brücke laufen. Alle Übungen finden angeleint statt, später jedoch soll der Hund nicht einmal mehr ein Halsband dabei tragen. Eric verhält sich sehr unsicher, im Licht-und-Schatten-Spiel der Scheinwerfer erkennt er die Umrisse der Brücke nicht genau. Während andere Hunde anscheinend nach dem Motto »Augen zu und drüber« agieren, weigert er sich, auch nur einen Fuß auf das Übungsgerät zu setzen. Die Trainerin hat eine Engelsgeduld, ich jedoch nicht. Mir ist eiskalt, meine Schuhe kleben am morastigen Boden fest, das Gekläffe der aufgeregten Hunde geht mir auf die Nerven. Nach einer halben Stunde habe ich die Nase voll. Sorry, Leute, aber für diesen Sch… bin ich echt zu alt!

Vielleicht probieren wir dieses Training irgendwann im kommenden Frühjahr noch einmal, dann aber bitte bei 18 Grad und Sonnenschein!

Fürs Mobi-Agil bin ich also nicht agil genug, Fährtenarbeit ist zwar zwischendurch einmal ganz nett, aber meine große Leidenschaft wird sie wohl nicht werden – war's das etwa schon mit meinen hundesportlichen Ambitionen?

16. Kapitel
Mantrailing – die Königsdisziplin des Suchhundesports

Kurze Zeit später sehe ich einen Fernsehbericht über die Arbeit von »Mantrailer-Hunden«. Dabei handelt es sich um die Königsdisziplin des Suchhundesports.

Ein Mantrailer-Hund orientiert sich bei seiner Suche allein am Eigengeruch eines Menschen. Diesen nimmt er anhand eines getragenen Kleidungsstückes auf, das man ihm am Ansatz, also am Anfang eines Trails vorhält. Der Mantrailer sucht seine Fährte dann nicht mit der Nase am Boden ab, so wie es ein Fährtenhund aufgrund der vom Fährtenleger verursachten Bodenverletzung tut. Ein Mantrailer setzt bei seiner Suche vielmehr all seine Sinne ein, vorrangig natürlich seine Nase, mit der er den Millionen von abgestorbenen Hautzellen und anderen bakteriellen Zersetzungen, die ein Mensch beim Gehen verliert, nachspürt. Aber er sucht auch mit den Augen, mit seinem Gehör ... Im Gegensatz zum Fährtenhund sucht ein Mantrailer auch auf befestigten Straßen, in Parkhäusern, ja sogar in hektischen Einkaufszentren.

Jeder Hund hat seine spezielle Art, auf der Fährte voranzugehen, es liegt am Hundeführer, ihn »lesen« zu können und ihn entsprechend zu führen. Es ist faszinierend zu sehen, wie der Mantrailer bei seiner Arbeit die komplette Umwelt ausblendet und nur nach *dem einen Menschen* sucht. Darin unterscheidet er sich völlig von beispielsweise einem Flächensuchhund der Polizei, der auch einen Pilzsammler im Wald anzeigt oder einen ruhenden Wanderer und nicht nur den dringend gesuchten ausgebrochenen Häftling. Ein Mantrailer unterscheidet sich auch von einem Trümmerhund: Dieser freut sich über jeden verschütteten Menschen, ob tot oder lebendig, den er in einem Erdbebengebiet findet. Der Mantrailer hingegen sucht auch in einer belebten Fußgängerzone selektiv nach *einer einzigen Person* und ignoriert dabei sämtliche anderen Passanten. Um diese besondere Fähigkeit zu trainieren, bedarf es ständig wechselnder Übungsgelände. Diese Vielfalt ist wichtig, denn im realen Einsatzfall kann es durchaus vorkommen, dass ein verwirrter alter Mensch durch eine belebte Innenstadt irrt und nicht mehr nach Hause findet. Oder dass ein schlafwandelndes Kind plötzlich zwischen den Hochhäusern der Wohnsiedlung unterwegs ist.

Nach wenigen Minuten ist der Fernsehbericht zu Ende. Wie schade! So gern würde ich diese Königsdisziplin des Suchhundesports erlernen! Und dann zusammen mit Eric verwirrte alte Menschen suchen, die sich verirrt haben. Oder ein Kleinkind retten, das in einem unbemerkten Moment beim Picknick davongelaufen ist und nun hilflos im Wald umherirrt …

Ich rufe bei der örtlichen Rettungshundestaffel an und informiere mich über mögliche Ausbildungsmöglichkeiten. Die gäbe es schon, erfahre ich. Gleichzeitig erfahre ich jedoch auch, wie unglaublich hoch der Zeitaufwand ist, den die Arbeit in einem Rettungshundeteam mit sich bringt. Zweimal wöchentliches Training, dazu fast jedes Wochenende mindestens einen ganzen Tag lang freiwillige Einsätze – das kann ich zeitlich beim besten Willen nicht stemmen.

Ein Sechser mit Zusatzzahl!

Ein paar Wochen später geschieht ein Wunder. Ich entdecke auf der Homepage unserer Hundeschule ein Kursangebot im Bereich des Mantrailings. Die Trainerin, bei der wir auch schon den Antijagdkurs besucht haben, ist außerdem Expertin im Mantrailing.

Noch am selben Tag melde ich mich zu einem Basiskurs an!

An einem eiskalten, verschneiten Januarabend mache ich mich auf den Weg zur theoretischen Einführung. Der Kreis schließt sich, denke ich mir. Vor gut einem Jahr ist Eric zu uns gekommen. Auch damals machten uns Schnee und Eis den Alltag schwer. Aber damals wie heute trotzen wir dem Ekelwetter – ein Hundehalter kennt keinen Schmerz! Tapfer bugsiere ich meinen Wagen über eine eisverkrustete Buckelpiste, bis ich schließlich in der Gaststätte, in deren Nebenraum unser Info-Abend stattfinden soll, ankomme. Klar doch, auf dem heimischen Sofa wär's heute auch schön, aber inzwischen weiß ich, dass mich keine graue Theorie erwartet, sondern spannende Einblicke in die Welt der Hundenasen, und so bin ich äußerst erwartungsvoll.

»Habt ihr gewusst, dass jeder Mensch beim Gehen um die 40 000 Zellen pro Minute verliert?« Mit dieser »appetitlichen« Information eröffnet unsere Trainerin den Abend. Diese abgestorbenen Hautschuppen sind so individuell wie ein Fingerabdruck, und sie werden vom körpereigenen Luftstrom in die Umgebung verweht. Je nach den herrschenden Windverhältnissen kann es daher vorkommen, dass ein Mantrailer zehn bis dreißig Meter neben der tatsächlichen Spur sucht, was aber kein Problem für ihn darstellt – so stark nimmt er den Individualgeruch des gesuchten Menschen wahr.

»Woher weiß der Hund denn eigentlich, wen er suchen soll?«, will eine der Teilnehmerinnen wissen.

»Ganz einfach«, erklärt uns die Expertin, »er bekommt am Ansatz des Trails einen Geruchsartikel, sprich ein getragenes Kleidungsstück des zu suchenden Menschen vorgehalten. Im wahren Leben sieht das so aus, dass ein Krankenpfleger aus dem Altersheim, in dem eine Person vermisst wird, dem Mantrailer-Team ein getragenes Kleidungsstück des Vermissten überreicht. Bei unserem Training müssen wir jedoch selbst für die Geruchsartikel sorgen, genauso wie wir auch selbst die freiwilligen »Opfer« stellen müssen. Das bedeutet, dass sich im Training immer einer von uns für ein anderes Hund-Halter-Team verstecken wird. Wir arbeiten stets im Wechsel, jeder ist für jeden da, jeder hilft jedem. Mantrailing ist Teamarbeit!«

Wir nicken beeindruckt. Und ich bekomme eine leise Ahnung davon, wie aufwendig dieses Training ist.

Die Expertin erklärt uns daraufhin, dass wir im Umgang mit unseren Geruchsartikeln äußerste Vorsicht walten lassen müssen, um dem Hund seine Arbeit nicht unnötig zu erschweren. So müssen wir beispielsweise das T-Shirt, den Schal oder das Taschentuch drei bis vier Stunden vor dem Training noch am Körper getragen haben. Dann kommt es in eine frische, saubere Plastiktüte, die, bis wir sie am Trailansatz niederlegen, außer uns niemand in der Hand halten darf. Denn dadurch würde sie ja durch andere Geruchsspuren kontaminiert werden, was den Suchhund irritieren würde.

Ich lausche fasziniert.

»Mantrailing ist zeitaufwendig«, warnt uns die Expertin. »Euer Training wird jede Woche an unterschiedlichen

Orten stattfinden, die Treffpunkte erfahrt ihr wenige Tage zuvor per Mail. Übungen in einem lauten Parkhaus sind dabei ebenso wichtig wie Übungen im Wald, in unwegbarem Gelände, alten Fabrikhallen, Wohngebieten …«

Als ich an diesem Abend nach Hause fahre, ist mein Herz so froh wie schon lange nicht mehr: Mit Mantrailing habe ich meine hundesportliche Passion gefunden!

Genau eine Woche später treffen wir uns zu einer ersten praktischen Übungseinheit an einem See. Wieder einmal weht ein eisiger Ostwind, der meine Ohren binnen Minuten taub werden und meine Gesichtszüge erstarren lässt. Allmählich komme ich mir schon vor, als lebte ich in der russischen Heimat meiner Romanhelden! Aber … ein Hundesportler kennt nun einmal keinen Schmerz, wen kümmern schon läppische Minusgrade von fünf oder zehn Grad? Und die Vorfreude auf unseren ersten Trail überwiegt sowieso!

Zu unserer Übungsgruppe gehören vier Frauen und ein Mann plus die dazugehörenden Wuffs. Sympathische Leute, denke ich mir im Stillen, mit denen wird das Training Spaß machen! Und das tut es dann auch.

Bei seinem allerersten Trail darf Eric noch sehen, wie das »Opfer« samt einem Döschen Hundefutter davonrennt und sich dann versteckt. Als Eric sieht, wie sein Schlemmermenü außer Sichtweite gerät, wird er schon ganz unruhig, er zieht an der Leine und will hinterher. Ich halte ihm die Plastiktüte mit Sannas Geruchsartikel unter die Nase und gebe das Kommando »Trail«. Los geht's! Nun heißt es für mich, immer schön *hinter* dem Hund zu bleiben und die Leine zwar locker, aber nicht durchhängend zu halten. Sie ist meine Verbindung zum Hund, durch sie muss ich erspüren, wie sicher bzw. unsicher Eric auf dem Trail ist. Eine gute Beobachtungsgabe gehört außerdem dazu, erklärt mir unsere Trainerin, die neben mir herläuft. »Schau, Eric sichert links und rechts ab, ist dabei aber gut auf der Spur«, meint sie. Ich erkenne gar nix. Ob Eric gerade Sannas verlorenen Hautzellen hinterherspürt oder einfach einen kleinen Spaziergang macht, kann ich nicht einschätzen. Während ich so am hinteren Ende der zehn Meter langen Fettlederleine laufe, fühle ich mich meinem Hund seltsam ausgeliefert. Nun ist Eric auf einmal der Führer, ich muss ihm blind vertrauen. Zum ersten Mal bekomme ich eine Ahnung davon, wie sehr diese Art von Hundetraining unsere Beziehung noch stärken wird.

Das erste Jahr mit Eric geht zu Ende

Ein ganzes Jahr lang haben Eric und ich den Wandel der vier Jahreszeiten zusammen erlebt. Auf einen verdammt harten und nicht enden wollenden Winter folgte ein zögerliches Frühjahr, ein launischer Sommer, ein herrlicher Herbst. In den letzten Wochen erlebten wir die Baumfärbung und den ersten Frost. An Dekitas Todestag zündete ich eine Kerze vor ihrem Porträtfoto an, dann machten Eric und ich uns zu einem Gedenkspaziergang auf.

Unser erstes Jahr mit Eric. Es war lang und kurz zugleich.

Aus einem hyperaktiven Junghund ist ein ausgeglichener fröhlicher und mit Artgenossen verträglicher Hund geworden. Auch sein Magen-Darm-Trakt ist erwachsen geworden, ich muss schon lange keine Reismenüs mehr kochen, das hochwertige pure Dosenfleisch, welches ich mit vegetarischen Flocken mische, verträgt Eric inzwischen sehr gut. Dank diversen Futterzusätzen hat er ein glänzendes Fell, einen guten Muskeltonus und ist durch und durch gesund. Sein Blick ist freundlich, offen interessiert, Fremden gegenüber ist er allerdings weiterhin eher zurückhaltend. Eric ist keiner, der schwanzwedelnd jeden Fremden anspringt, freudestrahlend seine Spielzeuge vorführt und sich sogleich am Bauch kraulen lässt. Von meinem Mann und mir lässt er sich jedoch so gut wie alles gefallen, seien es die Ohrreinigung oder die Eingabe von Tabletten. Und Schmuseeinheiten und körperliche Nähe kann unser Findelhund bei uns auch nicht genug bekommen.

Erics Konzentrationsfähigkeit hat sich im Laufe der Monate recht gut gesteigert, gleichzeitig ist er der alte Lausbub geblieben, der Herrchens Socken klaut und Brennholz vom Schuppen ins Haus schmuggelt.

In der Hundeschule hat Eric nicht nur die Grundkommandos der Hundeerziehung gelernt, außerdem durften wir dort viele schöne Stunden erleben. Wir waren mit einem Dutzend Hunden auf »Social Walks« spazieren, wir schnupperten in verschiedene Hundesportarten hinein, belegten diverse interessante Kurse und fanden schließlich unsere Passion im Mantrailing. Nach dem Basiskurs werden wir in wenigen Wochen in die wöchentliche Übungsgruppe wechseln. Mit Hilfe des Clickers bin ich in der Lage, unserem Hund kleine sinnvolle, förderliche oder einfach auch nur lustige Dinge beizubringen. Daneben möchte ich weiterhin an seinem Gehorsam arbeiten, meine Signale verfeinern, unsere Zusammenarbeit harmonisieren. Wer weiß – wenn wir fleißig üben, kann ich vielleicht irgendwann ganz auf Lautzeichen verzichten und Eric allein durch Handzeichen führen. Vielleicht steigen wir auch noch in die Hundesportart »Obedience« ein? Auch die sogenannte »Zielobjektsuche«, eine weitere Spielart von

Suchtraining, könnte mich interessieren. Aber eins nach dem andern. Wir haben noch so viel Zeit.

Wir haben neue (Hunde-)Freunde kennengelernt, sie bereichern nun ebenfalls unser Leben.

Auch schmieden wir schon Pläne für den ersten Urlaub mit Hund – statt Spanien oder den Seychellen wird es der Schwarzwald werden.

Mein altes Zeitfenster von vier Stunden ist wieder intakt, dank Eric bin ich schriftstellerisch so produktiv wie eh und je. Schreibblockaden? Kreative Krisen? Die finden spätestens beim nächsten Lauf durch Wald und Wiesen ein rasches Ende. Nach jedem Spaziergang kehre ich gut erholt und voller Inspiration an den PC zurück.

Meine Seele ist gesund, mein Körper ist es trotz (oder dank?) der »eisigen Winde« auch. Ein ganzes Jahr lang haben wir Wind und Wetter getrotzt – ein gutes Gefühl.

Das erste Jahr mit Eric. Für meinen Mann und mich bedeutet das: 365 Tage lang hatten wir schon beim Aufstehen ein Lächeln im Gesicht.

Mögen noch viele schöne Jahre folgen!

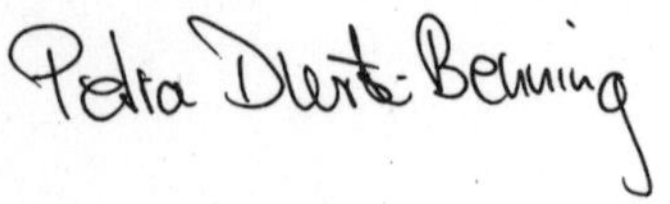

und Eric